やんちゃな異世界王子たちと アウトドアでキャンプ飯！

目次

やんちゃな異世界王子たちとアウトドアでキャンプ飯！

この世に生まれて二十一年と数か月、まだ大学生だけど、それなりにいろんなことをやって、年の割には経験していると思っていた。

けど、今、俺は把握できない状況に茫然自失《ぼうぜんじしつ》――になんてなってる場合じゃない！

ここがどこなのか、

なぜ俺がこんなところにいるのか、

突然現れた竜みたいな生き物はなんなのか、

まったくわからねぇ!!

それらを知る術《すべ》は、目の前にいる幼い二人の男の子たちから聞くしかない――んだけど、

俺は一人っ子だし、まだいとこたちも学生だし、周囲にも幼い子どもはいないから接点がなく、どう接すればいいのか、まったくわからない。だから、かなり戸惑っている。

特にちっさいほうは目がうるうるしていて、今にも泣きだしそうで、俺は相当ビビっている。

そんな状況に置かれている俺。

わかっていることは、見知らぬ幼い子ども二人と一緒に、深い山の中にいる、というこ

とだけだ。

そして、スマホは動くがアンテナはNG《エヌジー》という状態。

だからなんでこうなったんだっ！

「えーっと、まずは自己紹介から始めようか。俺の話してる言葉って、通じてんのかな？」

「大丈夫だ。ピースリーを覆っている魔法は、異世界の者であってもちゃんと言語が変換されるから」

ピースリーに魔法に異世界？

なにを言ってるんだろう、こいつ。

あ、いやいやいや、これから、たぶん、きっと、間違いなく、協力しあわないといけない相手だから、口悪く言っちゃーダメだよな。

だけど、妙に口調が大人びているというか、上からっていうか。

それに服装。二人とも普通じゃない。

今、返事をしたのは七、八歳くらいの見た目で、金髪に緑色の目をした超美形。子タレオーディションでも受けたら、一発合格間違いなしって感じだ。

もう一人、隣にいる目をうるうるさせているほうは、幼稚園に行く前くらいだろうか。三、四歳くらいかなって感じで、こちらもめちゃくちゃ可愛い顔をしている。同じく金髪で、目は青色だ。

二人ともマンガかゲームに登場する王子様みたいな衣装に身を包んでいる。長上着っての？　裾《すそ》が膝上くらいまである長いジャケットだ。袖《そで》や襟《えり》に細かな意匠《いしょう》の刺繍《ししゅう》が施されている。それにブラウスのボタン、キラキラ豪華に光っているから本物の宝石っぽい。

というのも、首元のレースのクラヴァットを留めているピンに大きな石が付いていて、その輝き方が半端じゃないからだ。俺でもわかるような、見るからに高級感のある生地なので、アクセサリーがイミテーションとは考えにくい。

「じゃあ、えーっと、俺の名前は三桝晃司《みますこうじ》。日本人で、東京出身、東京在住、年は二十一」

そこまで言うと、大きいほうが首を傾げた。

「テラのことは知ってるけど、細かいことまではわからない。日本人、東京とは、国や街の名前か？」

テラ？

「祖国が日本、生まれ住んでいる街が東京、なんだけど」

「なるほど、わかった。僕はアデル・ドューア・ファイザリー。ファイザリー王国の第一王子だ。年は七歳。こっちは弟で、ナリス・トゥワス・ファイザリー、三歳だ」

ファイザリー王国？　そんな国、あったっけ？　と一瞬思ったが、さっきこいつが異世界って言ったことを思いだした。

って、ここ、ホントに異世界なのか？　だからネットに繋がらない？

いや、その前に、こいつらマジで王子様なのかよっ。

「えーっと、君の言ってることは、申し訳ないけどよくわからない。いろいろ詳しく教えてほしいんだけど」

アデルと名乗った少年は、少し困ったような顔になった。

「ピースリーのことや、ファイザリー王国のことなら説明できるけど、他国のことは僕もまだよく知らないんだ。勉強中で……」

他国？

「ここ、君の国じゃないの？」

そう尋ねると、アデルは周囲を見渡しながらうなずいた。

「ファイザリー王国に山はない。少し高めの丘があるくらいで、草原の国なんだ。さっきのドラゴンの魔法で、きっと相当遠くの国まで飛ばされたんだと思う」

ドラゴン……って言われても。架空《かくう》の存在だと思うんだけど。

「その、ピースリー、ってのをもうちょっと詳しく教えてもらえないかな」

そう尋ねた時、ナリスと紹介された弟のほうの腹が盛大に鳴った。反射的にナリスを見ると、両手を腹にあて、さすっている。

「こら、ナリス、みっともないぞ」

ただでさえうるうるさせていた瞳を、さらにうるうるさせる。ナリスが上目遣いにアデルを見上げると、今度はアデルの腹が、ぐぅ！　と鳴った。

「だってぇ」

「にーたまもみっともないじょ」

「悪かったな。空腹には勝てないだろ」

「かてない！　おなかすいてしんじゃう」

確かにそうだ。俺は空腹くらい平気だけど、こんな小さな子どもを飢《う》えさせるわけにはいかない。

状況把握は腹を満たしてからだな。

「わかった。これからメシの用意をするから、もうしばらく我慢してくれ」

「お前、食事の用意ができるのか!?」

「お前って、ひどい言い方だな。名前で呼べよ」

「……あ、ごめんなさい。えっと、コージ、だったっけ？」

「おう。その辺に座って待ってろ」

いくら王子様でも、俺は部下でもなんでもないし、年上だし。

心の中でブツクサ言いながら、キャンプの用意を始めた。

けど、文句を言ったらすぐに謝ったので、根はいいヤツなんだろう。きっと王子様だから立場や育てられ方で上からっぽくなっているだけで、実際は七つの子どもということだろうな。

脇に置いていたバックパックを開き、中身を出して並べる。ただのバックパックじゃないぞ。キャンプに必要なグッズがすべて揃っている。

カップや箸《はし》を自分で作るまでの本格的なブッシュクラフトキャンプじゃないが、今流行《はや》っている便利でお手軽なものではない。

火は焚《た》き火だし、食料も現地調達がモットーだ。適度に楽をしながらも、限りなくブッシュクラフトキャンプに近いスタイルでソロキャンプをしている。

まずはコンパクトに収納されている野外用調理器具、クッカー。止め紐を外すと、同じ形で一回りずつ小さい器具がいくつも収納されている。鍋にもフライパンにも、あるいは皿などの容器にも使える優れモノだ。

次はテント。世間では簡単に設置できる四角錐《すい》のビニールテントが人気だが、俺は軍幕《ぐんまく》を使っている。

ビニールテントは便利な反面、形が固定されているので、それなりに空間が必要となるが、軍幕は木の枝や石などを利用して大きさを調節できるから場所を選ばない。

さらに、コットン仕様なので重量はあるけど耐火性《たいかせい》に優れている。焚き火の際に舞う火の粉《こ》が当たっても、少々のことでは燃えたり穴が開いたりすることはない。蝋《ろう》を塗っておけば霧《きり》や小雨《こさめ》程度なら楽にしのげる。

その分、密閉性《みっぺいせい》が低いので、それを補うために耐寒性が高いダウン量の多い寝袋を使っている。

それ以外では、小型の斧《おの》とかノコギリとかナイフとかの三種の神器や、アーミーナイフも用意している。

着ている服も上下至る所に面《めん》ファスナーやマグネットボタンが付いたプラップのポケットがあるキャンプウエアだ。それぞれのポケットにいろんなモノを入れている。

なんでこんなものを持っているのかというと、文字通り二週間のソロキャンプに出かけていたからだ。そこでよくわからないオーロラのような光に包まれたかと思ったら、ここにいたってことなんだが。

いや、正確には、見知らぬ場所にいると思ったら、竜みたいな姿のでっかい生き物が急に現れて、そいつが翼と息で俺と子どもたちを吹き飛ばした。

そこまで考えて手を止めた。火を熾《おこ》そうかと思ったんだが。

子どもってたぶん、食べたら寝るよな？　昼寝が必要だったよな？　だったら先にテントを張っておいたほうがいいよな？

火はあとだ。

軍幕を手に取り、立ち上がる。

周囲を見渡し、枝の張り具合を確認してセットする。裾にある輪にはペグではなく、T字になっている枝を拾って固定する。なるべく現地調達をモットーにしているし、重さのあるものははぶいて、なるべく自分の好みのもので揃えたい。

まあ、主に調味料とコーヒー豆なんだが。

俺の場合、焼きたて挽《ひ》きたてにこだわっているので、網《あみ》とかミルとかドリッパーなんかが必要になるから、それだけで荷物が増える。

出入り口になる正面の幕は、ロープで枝に繋いで、最後に寝袋を全開にして地面に敷いて終わりだ。

一人用だから子どもでも二人は狭いかな。まぁ仕方がない。

さて、次は焚き火用の石囲炉裏《いろり》作りだ。土を掘って穴を作り、底に大小の石を敷き詰める。こうやると熱効率がよくなるんだ。

周囲にも石を積んでいく。

「ナリスもするぅ」

小さいほうの子どもが両手に石を持って俺に言ってきた。

「じゃあ、こんなふうに、大きいのと小さいのを重ねて置いていってくれるか？」

「あい！」

ナリスが石を置き始めると、アデルも自分もすると言って追随《ついずい》した。

「できたぁ！」

三人でやったら早いな。

最後は中央のくぼみに固形燃料と可燃性のものを入れて整える。即席《そくせき》石囲炉裏の完成だ。

あとはライターで火をつけるだけだ。

さらに囲炉裏の周りにはポットや鍋を吊せるクレーン、ランタンスタンドを作る。これで火の加減を調節できるし、夜の活動も便利になる。

まあ、今夜、ここで寝るかどうかはまだ決めていないけど。子どもがいるから、できれば町か村に行って、どこか宿泊施設で泊まりたいんだが。

「でもこれ、なんに使うんだ？」

アデルの口調がちょっと上からなのは、王子様仕様ってことで許すよ。

「囲炉裏だよ、囲炉裏。石で作ったので石囲炉裏」

「いろり？」

「ああ。……ん？」

ナリスがパーカーの裾を引っ張ったので顔を向けたら、大きな目を精いっぱい見開いて俺を見上げている。

「なに？」

「ころり？」

「ころり？　いや、違う。囲炉裏。ころりってなに？」

ナリスはぱっと手を離すと、いきなり地面の上に転がった。

「ころり」

「…………」

「ナリス、やめろよ」

「ころり」

今度は反対側を向く。

えっ？　なにこれ、めっちゃ可愛いんだけど？

「マーリーがころんしなさいってゆーからぁ」

マーリー？　人の名前みたいだから、お付きの人なのかな。ベビーシッターとか。

「それは寝ろって意味だろ。今は寝なくていいんだ」

「でもぉ、コージぃがころんってぇ」

「誰も言ってない。いろりって言ったんだ」

「ころり」

「いろり！」

「ころり」

「いろりだってば！　何度も言わせるな！」

なんか……ダメだ、変なのが込み上げてきた。

「コージ？」

「ぶ、ははっ、あはははははっ！」

きょとんとなっている二人を視界の端で捉えているのに笑いを抑えられない。

言っていることはつまらないんだけど、真剣に言い合っている子どもって、可笑《おか》し可愛くて、腹痛ぇ。

でも、いつまでも二人を置いてきぼりにして笑い続けてはいられない。ここは深呼吸だ、深呼吸！

「ごめんよ。俺は今から魚をとってくるから、二人はここで待っていてくれ」

「魚!?」

「しゃかなぁ？」

二人でハモってる。笑える。

「コージ、魚をとるのか？」

「正確には釣るんだけどな。魚釣りは食糧確保のいろはのいだよ」

「いろ？　え？」

ああ、そうだよな。俺の言葉はアデルたちにはわからないものだらけだろう。で、俺も彼らの言葉にわからないことだらけだ。

俺は覚えないといけないが、二人は俺の言葉は覚えなくていい。これからはもうちょっと言葉のセレクトに気をつけないと。

「いや、いい。とにかく魚をゲットしてくる。迷子になっても捜しだせないから、絶対にこのテントの周囲から離れないこと。いいな？」

「やだぁ。ナリスもいくぅ」

「危ないからダメだ。アデル、ナリスは小さいからよく見ておいてくれよ。俺が傍にいない時は、ナリスの安全はアデルしか守れないんだ」

「わかった」

ナリスがゴネている横でアデルはうなずいた。

「頼んだぞ」

アデルの肩をぽんぽんして、コンパクトに畳まれた釣り竿《ざお》一式を手に取って沢《さわ》を目指した。たぶん近いと思う。さっきから聞こえる沢のせせらぎの様子からしたら。

それにしても、心配だ。アデルだってまだ七歳だ。とても一人にしてはおけない年齢だ。けど、幼い子ども二人をまだ見ていない沢に近づけるのは得策じゃないと思うんだ。もし流れの速い沢だったら、万が一落ちたら助けられないだろうから。

なんて思っていたら、後ろからナリスの泣き声が聞こえてきた。

え？

慌てて振り返るとギャン泣きのナリスがこっちに向かって走ってきている。それをアデルが追いかけているんだが。

屈むとナリスが胸の中に飛び込んできた。

「ナリス?」

「あーーーーん! あーーーーーん!」

「どうした?」

「あーーーーん!」

「ナリス! ダメじゃないか、じっとしてる約束だろ!」

叱るアデルを止めようとして、俺は息をのんだ。ナリスの肩を掴んでいるアデルの手が震えている。

そうか、怖かったか。

そうだよな。知らない場所に小さな弟と二人なんて、心細いに決まっている。俺が水辺の事故を案じたばかりに、不安にさせてしまった。

「ごめんごめん。一緒に行こう」

ナリスは俺の胸に顔をうずめたままうなずいた。

沢が危険そうだったら、あきらめたらいいだけのことだ。

三人で歩き始めて間もなく、思った通り前が開けた。

「お、これはなかなかいい」

勾配《こうばい》はあるが、けっこう幅が広くて水の流れはそれほど速くない。これなら子どもでもちょっとくらい歩き回ったところで事故《じこ》ることはないだろう。

「濡れてる石の上は滑るから歩かないように。沢に入ってもダメだ。危ないから。このあたりで見ていてくれ」

「あい！」

今度のナリスは快《こころよ》く了解してくれた。見えるところにいるだけで安心なんだろう。

アデルはそんなナリスの手をしっかり握っている。もう走りださないように、と思っているのか。

なるべく早く釣らないと。しかも、三匹は。

可能な限り現地調達ってことで食材は山の中で手に入れる。そのために釣りの腕は鍛えたとはいえ、やっぱ鳥とか動物を殺して捌《さば》くのはちょっとキツいので、なるべく魚や水辺のものをとることにしている。魚はよくて、動物がダメってのは勝手な言い草だけど。

沢の中、岩や石の上を歩いて、よさそうな場所を探す。

綺麗な水だ。透き通っていて、川底がしっかり見える。魚が泳いでいる様子もバッチリだ。

場所を決めたら急いで釣り竿を組み立てて針に練《ね》り餌《え》をつけ、垂らした。

それほど待たず竿の先が動き、手に感触が届く。

「よし！」

幸先《さいさき》よく早々に一匹釣れた。それもそこそこの大きさだ。

岸から歓喜する二人の声が聞こえる。顔を向けてピースサインをすると、ナリスはぴょんぴょん跳ねて喜び、アデルも手を振ってきた。

苦もなく二匹目三匹目も釣れ、二人と一緒にテントを張った場所に戻ってきた。興味津々で魚を見ている二人の前で、手早く捌《さば》く。

ナイフの先でウロコやぬめりを削《そ》ぎ、エラや内臓を取る。子どもには腸《はらわた》は苦《にが》いだろう。

口から枝を差し込んでから持参の塩を軽く振り、囲炉裏に立てかけた。

味噌《みそ》焼きもいいんだけど、味噌汁も作るので魚は塩味でいこうと思う。

「これでいい、着火《ちゃっか》だ」

中央に置いた固形燃料にライターで火をつける。

「わっ、ぼわっとなったぁ」

「ナリス、危ないから火に顔を近づけちゃいけない」

と、アデルが注意した矢先、ナリスは額を手で覆って身を引いた。熱気が当たって熱かったようだ。

「大丈夫か？」

「だいじょーぶぅ。ちょっとあちゅかっただけぇ」

「火は危ないから気をつけるんだぞ」

「あい！　ひ、パチパチいってるぅ」

「そうだよ、火はパチパチって音を出しながら燃えるんだ」

二人の会話を聞いて安堵しつつ、次に味噌汁作りに着手した。

水を火にかけ、沸いたら弱火の場所に移して乾燥ワカメを放り込み、味噌を溶き入れる。残念ながら具はワカメだけだ。超簡単。

あとは用意していたおにぎりを三等分する。

キャンプ初日のランチだけは、家から手のひらサイズのデカいおにぎりを作って持ってきていたんだが、まさかこんなことになるなんてな。ま、仕方がない。

「味噌汁は熱いから気をつけて。これ、おにぎり。知ってる？」

「しらなーい」

「米？」

アデルのほうは米を知っているようだ。

「そうだ。米を炊いてボールにしてる。中に具が入ってるんだ。梅干《うめぼ》しっていうんだけど米によく合うんだよ。すっぱいけどうまいよ」

戸惑っているアデルと違って、ナリスはためらうことなく小さな口を大きく開いて、ぱくりとかぶりついた。そしてもぐもぐしている。

ホントなにこれ、この可愛いの。ぬいぐるみ？　いやいや、人間だっての。

「おーいちーぃ！　にーたま、これぇ、おいちぃ」

舌足らずで語尾にちっさい母音がくっついてるのが、たまらなく可愛いんだけど。

あー、『にーたま』だけ語尾に母音を引っ張らないのが不思議だが。

「俺の国の食《く》いもんで主食なんだよ、米」

「食べたことある。外国の王が来た時に、その国の食べ物を出すってことで。でも、なんかパサパサしてておいしくなかった」

インディカ米に近い米だったんだろうか？　あれはあれでうまいんだけど。きっと料理の仕方に問題があったのだろう。たぶんだけど。

「まぁ、食えばわかるよ。それに、こんな山の中じゃ、食いもんに文句言ってる場合じゃないだろ」

「それは……そうだけど」

「おにぎりはこれだけしかないから、文句言わず、ありがたく食えよ」

アデルは仕方なさそうにおにぎりを口に運んだ。

「あ」

「ん？」

「おいしい」

「だろ。おにぎりは最高のメシなんだよ。日本人の魂《たましい》なんだ」

ホントか？　自分で言っておきながらハテナと思うけど、ここは勢い重視。

「魂……」

アデルの顔がほわっとなって目がキラキラと輝いた。

王子様だから魂とか忠誠とか、そーいう類《たぐい》のものに敏感なのかな？　帝王学とか教育されていそうだし。

二人がおにぎりと味噌汁を食ってる間に、そろそろ魚がいい具合に焼けてきた。

「魚ができた。熱いから火傷しないように気をつけて食えよ」

「もしかして、このまま齧《かじ》るのか？」

驚いているアデルの顔に俺のほうが驚く。

でも、そっか、王子様はマナーとかなんとかがあって、食べ物にかぶりつくようなことはしないんだろうな。けど、今はそんなお上品なことはやってられない。

「もちろんだ。ここにはテーブルマナーなんてないからさ」

「………」

「ほら、アデル」

「はい」

魚を差し出すと、アデルは納得したように手に取った。

さて、次はナリスだが、この子に丸齧りは無理だろう。ほぐしてやろうか。

「ナリスのはぁ？」

「食べやすいように小さくしてやるから、ちょっと待ってな」

「やーよぉ！　にーたまといっしょのがいぃ！」

「でも……かぶりつける？」

「いっしょのがいぃーーいっ！」

うーん。絶対ボロボロと落とすと思うんだけど。でも……にいちゃんと同じことをしたいって思うのは、下の兄弟のサガなんだろう。俺は一人っ子だから、そういうのよくわかんねーけど。

「そら、これ。落とすなよ」

「わーったぁ！」

目を輝かせて枝の端を握り、魚の背から勢いよくかぶりついた。

おいおいっ、背びれごとかぶりついたら！

「いちゃーー！」

「大丈夫か？　口の中、切ってないか!?」

ナリスは、ぺっぺっと吐き出すと、けろっとした様子で可愛い顔をこちらに向けた。

「だーじょーぶぅ。これぇ、じょりじょりしてておいちくない」

「そりゃあ背びれはマズいよ。この横の身の部分を食べるんだから」

と言いつつ、ふと思った。この分では骨もいきそうだ。そうしたら喉に詰めて、エライことになる。

「ナリスの魚はやっぱりほぐして食べやすくしよう」

奪うように取りあげ、魚の口から枝を抜いて皿の上で捌く。二人はその様子を興味津々といった様子で見ている。

頭と背骨と尾びれ、腹の周りの骨をナイフとスプーンの先を使って綺麗に取って、ナリスに渡した。ナリスはほぐれた身をスプーンで寄せて、なかなか上手に食べている。

「アデルもしようか？」

「僕は大丈夫。齧って食べる」

「そか。骨に気をつけてな、喉に詰めるなよ」

アデルは食べながらうなずく。

上品な王子様なら、こんなワイルドな食べ方はしないんだろうな。

魚一匹とおにぎり一個と味噌汁、育ち盛りの子どもには足りないかなと思っていたら、二人は完食したらすぐに船を漕ぎ始めた。

「テントに入って寝ようか」

「……うん」

アデルは返事をしたが、ナリスはすでに夢の中のようだ。ホント、あっという間だ。

ナリスを抱き上げてテントに入り、寝かせる。アデルも隣に座った。

「コージは？」

「俺は後片づけするから」

「手伝うよ」

「いいよ、すぐ終わるから。それより、いろいろ教えてほしいことがあるからさ、起きたら頼むよ」

「わかっ、た……」

よほど眠いんだろう。おとなしく横になり、すぐに眠ってしまった。

テントの外に出て、囲炉裏に戻って腰を下ろす。火は残っているのでコーヒーを煎《い》れることにした。

見たら欲しがることはわかっていた。特にナリスは。でも、まだ幼い二人にカフェインはNGだ。

箱を取り出し、コーヒー豆が入った蓋《ふた》つき試験管型のガラス管を一本手に取る。六本一セットになっているもので、キャンプではいつも二セット持ってくる。一セットはコーヒー豆、もう一セットは調味料だ。

俺の首にはケース付きのガラスチャームがぶら下がっている。中に入っているのは塩だ。万が一、遭難《そうなん》した時、塩があれば役に立つと思って。お守り代わりって気持ちもあるが。

それだけじゃない。上下の服にあるたくさんのポケットには、キャンディとかラムネとかグミとかガムとか、いろいろ入れている。遭難や滑落《かつらく》した時、その時必ずバックパックがあるとは限らない。どんな状況に陥っても、少しでも生き延びられるようにと思って身に付けている。面ファスナーやマグネットボタンにこだわるのは、手を怪我した時にボタンじゃ苦戦しそうだからだ。

さて、これから飲むコーヒーはどれにしようかな。

六種類を見比べ、サントスを選んだ。酸味や香りにクセが少なく、あっさりしているけど苦みや甘みはしっかりある。俺はサントスを深煎りにして苦みをより引き出すのが好きだ。

生豆で購入して、自ら焼いて淹れる。死んだじいちゃんがコーヒー好きで、その影響なんだけど、コレに口が慣れたら、もうスーパーで売られている市販の豆は無理だ。

それに、焼いている時、挽いている時、ドリップしている時、口にした時、それぞれに香りが微妙に違うんだ。

ちなみにコーヒーの香りを表現する用語は『アロマ』『フレーバー』『フレグランス』と大きく三つに分けられるが、『アロマ』は香り全般を示しながらも、特に淹れたばかりの香りを指す。

『フレーバー』は口に含んだ時に感じるもので、風味と訳されることが多い。

『フレグランス』は焙煎《ばいせん》したり挽いたりと、豆から立つ香りを指している。

言葉にしたら、癒やされる、の一言に尽きるんだけど、なんというか、あらゆる縛《しば》りから解放されるような感じ？　ちょっと大げさに聞こえるかもしれないけど。

とにかく、全方向にいい香りで、ほっとするんだ。

「ふう」

一口飲んで、大きな吐息が出た。

こうなった経緯を思い起こす。

大学の夏休み真っただ中、ソロキャンプを楽しもうと二週間の予定で丹沢山《たんざわさん》に登ったんだ。いつもはだいたい一週間か十日だから、二週間は数日違いとはいえ長い。増える荷物は保存系の食料と調味料、そしてバッテリーだ。

最近は火を熾すとその熱で充電できるようなキャンプグッズもある。俺の場合、火は焚き火なのでそれはできない。だからバッテリーは多めに持参する。とはいえ、増える荷物はそれくらいだ。

で、意気揚々と登り始め、そろそろ昼メシにと思った時だった。目の前の大木の幹《みき》がオーロラみたいに光っていることに気づいた矢先、急激にデカくなって、あっという間に周囲に広がった。

　全身が光に包まれた瞬間、ふわりと浮き、上昇を始めてしばらくしたら今度は落下が起こった。風圧と重力に全身がきしみ、もうダメだと思って覚悟したんだが、気づけば地面に横になっていた。

　不思議と痛みは感じなかったけれど、意識は朦朧《もうろう》としていて、目を開けているのか閉じているのかもよくわからない。でも遠くで複数の人の声は聞こえていた。

――なんてことだ！　未熟な術で異世界人を召喚《しょうかん》するなどと！

――ごめんなさい！　ごめんなさい！　そんなつもりじゃなかったんです！

――そんなことを言っている場合ではありません。早く手当てをっ。

　大人の男女と子どもの声。それらの焦《あせ》った声を耳が拾い、意識のピントが合った。

　俺は何度か目を瞬き、身を起こした。視界に映ったのはマリー・アントワネットの時代のような衣装の男女と幼い子ども二人だ。

　それがアデルとナリス。であれば傍にいた男女は二人の両親で、ファイザリー王国の国王と王妃、ということだろう。

　その周囲にも多くの体格のいい男たちがいた。みな同じ制服姿だ。甲冑《かっちゅう》を身に着けている者もいる。国王の近習《きんじゅ》と衛兵《えいへい》という感じかな。

――ごめんなさい！　ごめんなさい！　送還《そうかん》の魔法を施すからっ。

――にーたま！

アデルが俺のもとに駆けてきて、ナリスがそれを追いかける。

俺は大丈夫だけど、ここ、どこ？　そう尋ねようとした時だった。再び強い風が吹いた。と同時にまた怒声が上がる。はっとなって顔を上げたら、俺から近い上空にデカい生物がいた。

巨大な翼を広げたトカゲの怪物――ドラゴン。そいつが何度も翼を羽《は》ばたかせ、顎を引いたかと思えば口から赤い爆風を吹きだした。

――アデル！　ナリス！

国王の叫び声に俺は反応し、咄嗟に子どもたちを抱きしめた。が、無駄だった。俺たちは爆風に吹き飛ばされたのだ。

で、気づいたら、ここにいた。この山深い場所に。

だけど、いくらあのドラゴンがデカかったとはいえ、たった一息で別の国までって、あるわけ？　というか、あの吹きかけられた息が魔法だって？　マジで？

そういうのもアデルに聞かないといけないな。ただ、七歳の子どもに聞いて、どこまで正確な情報が得られるのだろうか。

ここがどの国で、ファイザリー王国までどれくらい離れているのか、それらのことをアデルにわかるものなのだろうか。そんでもって、俺と子ども二人で、無事にファイザリー王国までたどり着けるのだろうか。

不安が大きい。

そんなことは言ってられないことくらい、わかっているけど。

「…………」

マグカップを手に立ち上がって周囲を見渡す。この山はどれくらいの規模なのだろうかと考える。さっきの沢もけっこう大きかったし、今いる位置が高い場所なら、幼い二人、しかもとても山登りって恰好じゃないから、怪我をしないか心配だ。

ポケットから方位磁石を取り出して方向を確認してみた。

「え、なにこれ……」

針が安定しない。ゆっくりだが回転している。

なんだこれ。

異世界ってのは方位が定まらないのか？　それとも磁石を狂わせるようなモノがあるとか？　逆にそもそも磁力が存在していないのか。

マグに口をつけてコーヒーを飲みながら少し歩くと、少しだけ前が開けた。で、なにげなく空を見上げてまた驚く。

明るい空に月が二つある。一つは白くて丸い。もう一つは三日月《みかづき》で赤い。

「うーん、確かに異世界だな」

我ながらアホなセリフだけど、ここが俺の住んでいる世界じゃないことはわかった。

この世界がどういうふうに存在しているのかはわからないけど、月──と思しきモノだが、便宜上《べんぎじょう》月と呼ぶ──が二つあるなら、引力も二つ以上存在して関係しあってるのかな？

「はあ」

ため息が出た。

キャンプは好きだが、文系の俺は理科が苦手だったんだ。

とても無事にあの二人を祖国へ連れていける気がしない。

王子様なんだからこの国の国王とかに頼めば、なんとかしてくれるんじゃないだろうか。

もちろん、友好な関係だったら、の話だけど。

もし敵対関係だったら、正体を知られてはいけないから、これはかなり危険な旅になると思う。アデルが起きたら、このあたりもしっかり確認しないと。

それから俺自身、だ。どうやったら元の自分の世界に戻れるのか。アデルは知っているのだろうか。

あ、そういえば、送還の魔法とかなんとか叫んでいたっけ。だったら、大丈夫かな。

そして最後に、移動中の食糧をどう確保するか、だ。

キャンプ用に用意しているのは調味料や乾《かわ》き物系。丹沢山は何度も登っているから、どこに行けばどんなものが手に入るかわかっている。けど、見知らぬ異世界の山や森で食料を調達するのは大変だ。

悩むなぁ。

身を翻《ひるがえ》し、囲炉裏の場所に戻ってくると、呆然と立ち尽くしたアデルがいた。今にも泣きそうな顔をしているので、焦る。

急いでアデルのもとに向かった。

「アデル、起きたのか」

「…………」

「ちょっとこのあたりの様子を見ていたんだ。よく寝られたか？」

「……った」

「え？　ごめん、聞こえなかった」

アデルは潤んだ目でまっすぐ俺を見つめてくる。

「怒って、どっか行ったのかと思った」

ん？　怒る？　誰が？　俺が？

「どうして？」

「だって、その……」

「まぁ、座ろう」

アデルの肩を軽く触って腰を下ろすように促す。それから手に持っていたマグを洗い、鞄の中からケースを取り出して砂糖入りの粉ミルクを入れる。湯を注いでかき混ぜ、アデルに手渡した。

「ミルクだ。飲んで」

「……うん。ありがとう」

これも万が一のための非常食。高カロリー高たんぱくだし、ラテとかカプチーノも作れるし。

粉ミルクを持参するキャンパーがどれだけいるか知らないが、栄養価の高い粉ミルクは我ながらいいチョイスだと思っている。それにこういう粉ものは、嵩張《かさば》らないし形状が自由になるから重宝《ちょうほう》する。

「少し甘みがあって、おいしい」

「そっか？　よかった。ナリスは？」

「まだ寝てる。当分起きそうにない感じだけど、起こす？」

「いや、いいよ。寝かせてやって。つか、むしろアデルと二人のほうが、今は都合がいい」

アデルの顎がわずかに引いた。顔がこわばっている。緊張が伝わってくる。

「それで、なんで俺が怒って去ってしまったかもって思ったんだ？」

「……僕が、中途半端な魔法を使ったから」

「ん？」

「コージを召喚してしまった」

「イマイチよくわかんねーな。俺がこのピースリーに来たのは、アデルの魔法のせいってこと？」

するとアデルは悲しそうな顔をして、こくりとうなずいた。

「覚えたての召喚魔法、父上と母上に見てほしかったんだ。本当はテラに咲く花を持ってくるつもりだった」

ってことは、アデルは魔法を使えるってことか。すげぇな、魔法なんて。

「今日は久しぶりに父上がお休みだったから、母上のおなかに赤ちゃんができたことを祝うのも兼ねて、お出かけすることになったんだ。お出かけっていっても、城から目と鼻の先の湖畔《こはん》なんだけど」

「それで？」

「父上はいつも忙しいから一緒に過ごせることがうれしくて、僕、父上に魔法が上達したことを知ってほしくて……それに異世界の花を、母上にプレゼントしようと思って、召喚魔法、空間の『窓』を開く魔法を使った。そしたら、失敗した」

失敗……なるほど。

「巻き込んでしまって、ごめんなさい」

「仕方ないよ、誰だって、どこにいたって、事故ってのは遭《あ》うものだし起こるものだから。まぁ、さすがに異世界ってのはびっくりだけど、死んじまうよりマシかなって思うしさ」

俺の世界のほうでは行方不明とかになっているのかな。死体が出ない限りは、簡単に死亡扱いにはしないだろうから。

「許してくれる？」

「許すもなにも、怒ってないし」

するとアデルの顔がぱっと明るくなった。よほど気にしていたみたいだ。けど、弟の手前、落ち込んではいられなかったのかもしれない。

兄ちゃんが不安そうにしていたら、ナリスだって、あんなふうに元気いっぱいはしゃいだりはできなかっただろう。

「確認するけど、俺はアデルの使った魔法でこの世界、ピースリーに召喚された。召喚された場所はファイザリー王国の城の近く。で、来た瞬間にドラゴンが現れて、俺たちは異なる国に吹き飛ばされた、でいい？」

アデルは目を潤ませ、うん、とうなずいた。

「アデルはどんな魔法が使えるんだ？」

「……そんなにたいしたものじゃないよ。最初に覚えるのは、身を守るための魔法だから、物とか剣とかに当たる瞬間、魔法の力で防御して、衝撃を抑えて怪我をしないようにするとか、短い間だけど、魔法の膜《まく》を作って姿を見られないようにするとか。でもそれも、自分の分しかできない」

いや、それだけできたら充分だと思うけど。

「だけど、魔法書に書かれてあった、異世界と空間を繋いで開く『窓』の作り方を独自で練習して、できるようになったから、つい」

「わかった。次はあの怪物、ドラゴンについてだ。アデルが知ってることは？」

「ピースリーにはいろんな聖獣と魔獣がいるんだけど、ドラゴンは――」

「ちょっと待て」

「え」

「聖獣と魔獣って、どういうこと？　ドラゴンはいいとして、魔法が使える生物がいっぱいいるってこと？」

ドラゴンがいるんだから聖獣とか魔獣とかいるって言われても不思議じゃないんだが、でも、認めたくないって気持ちが強くて、つい言ってしまった。

ここがファンタジーワールドで、俺はゲームの登場人物のようにエラいめに遭わないといけない気がして空恐ろしい。そしてゲームはリセットすれば何度でもやり直せるし、マンガやアニメの主役はハッピーエンドだ。

けど、俺が主役かどうかわかんねぇし、一回しかない俺の人生がかかってる。知らない世界で悲惨《ひさん》な目に遭って死にたくない。

だからせめて、人間の世界止まりであってほしい。そんなとんでもない世界に飛ばされたなんて、思いたくないんだ。

けど、アデルの返事は簡潔明瞭だった。

「いる」

おいーーーっ！

俺はチートな力とか持ってないし、召喚の際に付与《ふよ》された感じもしないんだけど！

「聖獣は人間に協力的だから、仲よくなればいろいろ助けてくれる。魔獣は人間のことが嫌いだから戦って倒さないといけない。魔獣と戦う人をハンターって呼ぶんだけど、父上がそのハンターなんだ」

「王様自《みずか》ら？」

「うん！　すっごくかっこいいんだよ！」

へえ。つか、そーいえば、ちらっと見た時、ルイ十六世って感じの衣装じゃなく、騎士風の恰好に、腰には剣を下げていたような。そんでもって、めちゃめちゃイケメンだったような。

「そっか」

「魔獣の体の中には魔力の核があって、これを取り出して、動力にするんだ」

「動力？」

「うん。物を動かしたり、飛ばしたり、水の流れを調整したり、光を生み出したり、熱したり。すっごく便利なんだ」

俺たちの世界の電力みたいなものなのか。でも、巨大な電力供給施設や、石油プラントなんかを造らなくても、魔獣を倒して魔力を奪えばなんでもできるってのは、なんとまぁ都合がいいっていうか、すげぇな。

「魔力の核は体内から取り出されると石化して結晶になる。僕らはそれを魔石と呼んでる。色は魔獣が持つ魔力によって変わるけど、多くは赤いかな。一番強い魔力は金色で、次は銀色なんだ」

「聖獣は協力的で魔獣は非協力的。魔獣で協力的なのはいないのか？」

アデルは首を傾げた。それから少し考えたふうに上を向く。

「絶対にないとは言い切れないと思うけど、聞いたことないよ。父上も魔獣は倒すものだと言ってるし。でも……すごく古い言い伝えに、魔獣から魔力を分けてもらった人間は、すごい存在になるってあった気がする」

すごい存在って、えらく曖昧《あいまい》だなぁ。

ってことは、魔獣から魔力を分けてもらうって可能性はゼロではないが、極めて低いと認識すべきなんだろう。

「魔石の力はどの国でもとても大事にしている。だから魔獣を狩るハンターは尊敬されるんだ。どこの国でも高位貴族や将軍なみに地位が高いんだよ」

「なるほど」

「父上のような、国王でありハンターである人は、国民もすごく頼りにするんだ」

目がキラキラ輝いていて、アデルがいかにとーちゃん好きなのか、伝わってくる。俺が七歳くらいの時、こんなふうにオヤジのこと捉えていたかなって考えると、なかったたって思う。つか、オヤジ、ほとんど家にいなかったたな。

親が働いている様子を間近で見ていたら、その頑張りがダイレクトにわかるわけだから、オヤジすげぇ！　みたいな感じになるのかも。俺の場合は、母さんからオヤジは頑張ってるって言葉で言われるだけで、なんだかピンとこなかった。

「それで、魔石の力を動力にするのはわかったけど、それって国全部をカバーできるほどの量を得られているのか？」

「全部ってわけじゃないよ。いつなくなっちゃうかわからないから、大事なところだけで大切に使ってる」

　規模は不明だけど、大部分は不思議な力じゃなく人間の文明力で発展しているってことか。俺が持っている常識で充分通じる気がする。まあ、それも山を下りて人里に行けばわかることだ。

「それはファイザリー王国だけ？」

「うぅん、七国、個性や特徴はあるけど、だいたい同じだって父上が話してた。でも、ファイザリー王国は一番なんだ！　父上自身がたくさん集めるからっ」

「そっかそっか。で、その聖獣と魔獣なんだけど、どうやって見つけるんだ？」

「どこにいるかはよくわからない。急に現れたり消えたりするから。父上は彼らがどこにいるか察知できる探知機を持ってる」

　俺が彼らの力を得るとするなら、まず早急に魔獣を一匹倒す必要がある。で、そこで得た力で探知機を作って、さらにたくさん魔獣を倒して魔石を得て、売って金にすればいいってことだ。

「もしコージが魔石を得ようとするんだったら、魔獣は戦わないといけないから、聖獣を見つけて協力してもらうほうがいいと思うけど」

「戦う……あー、さっきのドラゴンみたいな感じのヤツと？」

「ドラゴンは基本的にはおとなしいんだよ」

「えーー、さっきのドラゴンは凶暴そうだったじゃないか。いきなり爆風起こして俺たちをここまで吹き飛ばしたんだぞ!?」

「……ドラゴンが近くにいることに気づかなくて、僕が未熟な魔法を使って異世界に続く『窓』を開いたから怒ったんだと思う。ドラゴンは強いけどおとなしいんだよ。どんなタイプであっても、ドラゴン種はピースリーの守り神だから」

守り神ねえ。

「けど、魔獣はすんごく怖い。乱暴で、人間を殺して食べるんだ」

人間を食う、か。それは怖いな。ライオンとか、トラとかと戦うってなったら勝ち目ねーもんな。魔獣との接触は最大限避けて、聖獣を探すしかないか。

「ところで、ここがどの国かアデルにはわからないんだよな？　見当もつかない？」

尋ねるとアデルは困ったように伏し目がちになった。

「クチュリ王国とメジロス王国は、ファイザリー王国と似た地形だから山はない。だから違うと思う。クチュリ王国の隣国のマリウン王国は海と火山の国だって聞くから、ここも違うと思う」

「ってことは残りの三国のうちのどっかってことだな」

「うぅん。ピラウン王国も違うと思う。広くて深いジャングルがあるらしいんだけど、ここまで高くはないはず。だから、マンガン王国とソランニ王国だと思う。この二国には森とか山とかいっぱいあるって教わった。けど……」

「けど、なに？」

アデルは手を合わせて指をもじもじさせている。なんか嫌な予感。

「この二国はクチュリ王国やメジロス王国の向こう側にあるから、ファイザリー王国からは一番遠いんだ」

「………」

「空でも飛ばない限り、なかなかたどり着けないと思う」

マジか。

「ちょっと確認するけど、ファイザリー王国は他の六か国との仲は悪かったりする？」

「……お隣の国は悪くないと思うけど、遠くの四国はよくわからない」

言いつつアデルは地面に絵を描き始めた。

形は楕円《だえん》形という曖昧なものだが、それをファイザリー王国として、上部左側にかけてがクチュリ王国、右側がメジロス王国。クチュリ王国とメジロス王国はさらに上部で国境を共有している。

クチュリ王国の左側にあるのがマリウン国。

クチュリ王国とメジロス王国の上に位置しているのがピラウン王国。

このピラウン王国の上にマンガン王国とソランニ王国がある、というものだ。

もしここがマンガン王国かソランニ王国だったら、ファイザリー王国まではかなりの距離だ。確かに空でも飛ばない限り、歩いて行くのは困難だろう。

それにもし、各国とファイザリー王国との仲がイマイチだったら、アデルとナリスの正体がバレた場合、考えたくない状況になるかもしれない。

もしそうなら、なるべく人里を避け、二人の正体を隠して進まないといけないってことだ。

マジかよっ。幼い子ども連れで、移動手段は徒歩って、ありえないだろ。

いや、待て待て、冷静に考えろ。

今、俺たちは、金も持っていないし、ここがどこかもわからない。山にいる限り、食い物と水は確保できる。けど、山籠《やまご》もりのために用意した調味料などは二週間分。それも一人分だ。

しかもこの世界では方位磁石が使えないから、方向を取るのが難しい。太陽の位置で自分の居場所を把握――ん？

待て。ここの自然摂理は俺の常識が通じない世界だ。

太陽が東から昇って西に沈むかどうかも定《さだ》かじゃない。しかも七歳のアデルの言葉をどこまで信じるかってこともある。

王子様がいかに英才教育を受けていても、まだ七歳だ。話半分と考えたほうがいい。だったら、やはりここは先に人里に行って正確な知識を入手すべきだろう。

で、そのあとに聖獣を探して協力してもらえるように頼む。それが一番安全で、確実な方法だと思う。

あ、いや、逆か。地図を手に入れるにしろ、食い物を買うにしろ、金が要る。金を得るには魔石を手に入れて、それを売る必要がある。だったら、まずはこの山の中で協力してくれそうな聖獣を探すことを優先すべきだ。

「ん？」

そんなことを考えながらじっとアデルを見つめていたら、そのアデルが顔をこわばらせて俺を見返していることに気づいた。

「あ、ごめん。ちょっといろいろ考えていたもんだから」

「…………」

「ちなみに、俺、まったく、ぜんぜん、これっぽっちも怒ってないからな！　勘違いするなよ」

「…………」

「よく聞け、アデル。これから三人でファイザリー王国を目指す。はっきり言って俺は無力だ。でも必ずお前たちを両親のもとに帰してやる。だからお前も気合い入れて俺を信じろ」

なんか、我ながらいい加減なことを言っている気もするが、ここはアデルを鼓舞《こぶ》して、やる気を出してもらわないと。

アデルはそれまでへこんだまなざしをしていたのに、丸い目になった。だけど、すぐに唇を真一文字に切り結んで、強いまなざしを向けてきた。

そうだ、その調子だ。

「力を合わせて祖国に帰るぞ」

「うん！」

力強くアデルがうなずいたのと同時に、テントからナリスのギャン泣きの声が聞こえてきた。

「ナリス！」

アデルが慌ててテントに走る。俺もあとを追う。

「にーたま‼」

「悪かったよ、コージと話をしてたんだ」

「コージぃ？」

「うん」

「コージぃはぁ？」

「俺ならここにいるよ。ナリスはよく眠れたか？」

大きな瞳をめいっぱい見開き、俺をじっと見つめてから、ナリスはこくりとうなずいた。

それから両腕を大きく開いて俺の胸の中に飛び込んできた。

「おっきいのがいっぱいやってきてぇ、こわかったぁ！」

一瞬、ん？　と思ったけど、夢の話だと理解する。ナリスが安心するように背中を撫でてやる。すると抱き着いている腕の力が増した。

「おっきいのってどんな感じ？」

「さっきみたヤツぅ。はね、バタバタやって、ぶぅ！　っておっきなかぜがふいたぁ」

ドラゴンだな。よほど怖かったんだろう。

「そっかそっか、けどもうおっきいヤツはいないから安心しろ」

「うん」

ナリスが落ち着いたからか、アデルが「ねぇ」と話しかけてきた。

「これからどうするの？」

「金を得るために聖獣を探して協力してもらう」

「お金？」

「ああ。お前たちの恰好はキャンプ向きじゃないから、もうちょっと動きやすくて体を守る服を手に入れたいし、食料も買わないといけないし」

　アデルはまた首を傾げる仕草をした。

「お金だったら簡単に手に入ると思うよ」

「へ？」

「僕らが着てるブラウスのボタンは本物の宝石だから、それを売ればお金になるんじゃないかな」

　あ。

「これとこれ」

　前を留めるボタンと袖口についてるボタンは、確かに宝石でキラキラと輝いている。アデルが言うように、売れば金になると思う。でも、そんなの勝手に売っぱらっちまっていいのか？

「こんなのお城に帰ったらいくらでもあるよ」

　俺の考えを読んだかのようにアデルが言う。

　そりゃそうだ。なんたって二人は王子様で、その親は国王なんだから。国王なんて面と向かって会ったことないけど。これくらいの宝石なんてゴロゴロ持っているだろう。この窮地《きゅうち》に売っぱらったって言っても咎《とが》められることはないだろうし、むしろ息子たちを守ってくれたと感謝されるだろ。

……たぶん。

「よし、わかった。じゃあ、ボタンは全部取り外そう。ちょこちょこ換金《かんきん》したほうがいい」

「そうなの？」

「そうだろ。国が変われば金も変わるんじゃね？　それに大金持ち歩いてるのを誰かに見られたら危ないしさ。鞄の底に隠してるモノを見ることができる人間はいないだろう」

「そっか。そうだね」

よし、とばかりにアデルが立ち上がってテントに行き、すぐに戻ってくると、手にはクラヴァットピンがあった。寝る時に外したのだろう。

俺に向かって差し出してくる。

「僕は自分のボタンを取るから」

「わかった。これ、ハサミ」

アーミーナイフのハサミ部分を出して渡す。アデルは受け取り、多機能さに驚いたようだ。じっと見つめ、それから着ているブラウスのボタンを切り離し始めた。危なげなく上手にハサミを動かしている。

俺はナリス、危ないからじっとしてて」

「ナリス、危ないからじっとしてて」

「あい！」

襟や袖には丁寧な刺繍が施されているし、胸元にはレースがついている豪華なブラウスだ。これだけでも充分売れると思う。まあ、他の服と交換でもいいかな。

　これを換金して使いながら、可能な限り聖獣を探して俺たちの旅の協力をしてもらう。で、ファイザリー王国にたどり着く。国王夫妻に二人を引き渡したら、今度は俺が自分の世界に戻れるようにしてもらう。

　これが俺のミッションとなった。


　荷物をまとめ、作った囲炉裏も壊して可能な限り元の状態に戻す。キャンプでは大事なことだ。

　次に予備のパーカーと紐を使っておんぶ紐もどきを作り、ナリスを胸の前で抱っこできるようにする。前後に荷物を提げるのはキツいが、足場があまりよくなさそうなので、早く下山するにはナリスを歩かせるより、俺が抱っこするほうがいいだろう。

　その次は、俺とアデル用に、細丸太でトレッキングポールを作る。これで準備は完了だ。

「滑らないように気をつけて。濡れてる落ち葉や草の上はなるべく避けて、踵《かかと》から着地せず、つま先から地面につけるように歩くんだ」

「わかった」

「コージぃ、ナリスもあるけるよぉ」

「ナリスは俺の話し相手だから、ここでいいんだ。おいで」

「あい！」

ナリスを抱き上げようと両腕を開いて伸ばすと、ナリスは素直に抱き付いてきた。

「じゃあ、行こう」

アデルに前を歩かせて、沢に沿って下山を始めた。

ナリスは楽しそうにはしゃいでいるが、アデルは無言で歩いていて、正直少々驚いた。

王子様で甘やかされて育っているのかなとか思っていたけど、七歳にしてはけっこう体力もあるし、なによりも弱音を吐くどころか愚痴一つ言わない。甘やかされるどころか、次期国王って立場からか、厳しく躾《しつ》けられているのかもしれない。

そういえば、ブラウスの宝石を取り外す時も、手際《てぎわ》よくハサミを使っていた。ファイザリー王国では王族も剣を取って戦うのかな。だから刃物の扱いを子どもの時から教えているのかも。

ちなみにナリスは三十分くらい楽しそうに話をしていたが、その後は眠ってしまった。

さっきまでテントの中で寝てたのにって思うけど、三歳の子どもなら当たり前か。

でも、寝ちまった子どもって、重いんだなぁ。寝た瞬間、ズシリときたもんだ。

右側から聞こえるザーザーという沢の音を頼りに、緩やかに下っている坂を一時間くらい歩き続けると、アデルのスピードが落ちてきた。

「アデル、休もう」

「もうちょっと頑張れるよ」

「いや、完全にくたびれてからじゃ遅いんだ。まだいけるって思っている間に休めば、疲労回復が早いし、体力も長く続く」

「そうなんだ。わかった」

マグに水を注ぎ、アデルに渡すとおいしそうに飲んで、安堵したように吐息をついているのを見ると、こっちまでほっとする。

こんな小さな子どもに、足場のよくない山道を長時間歩かせるのは酷《こく》だが、ナリスを抱っこしているから仕方がない。

町か村で卵と牛乳を手に入れることができたら、お菓子でも作って食べさせてやろう。プリンとか、ミルクセーキとか、パンケーキとか。あ、いや、その前に、食堂あたりでうまいもん腹いっぱい食わせてやらなきゃな。

「まだ飲むか?」

「うん」

アデルに注ぎ、俺は一杯目を喉に流し込んだ。

「あーー、うまい」

冷たい水で喉を潤したら、ホント、生き返ったって思う。

それから間もなく、立ち上がった。下山再開だ。アデルはまた無言で、俺は起きたナリスの話につきあいながら進んだ。

今度は二時間くらい歩いたか。急に前が開けた。山裾は一面の畑になっていて、農作業をしている人たちの姿が見える。その先に村があった。

「コージ、やっと着いた」

「そうだな」

畑に向かって歩き始めると、農家の人たちはすぐに俺たちに気づいて集まってきた。

さて、なんて言ってリサイクルショップの場所を教えてもらうか。俺の服装はきっと見慣れないヘンテコなものに映るだろうし、アデルとナリスは明らかに金持ちのぼっちゃんだってわかるだろう。だけどブラウスのボタンが外れていて、前がはだけているという変な姿だ。それが山から出てきたとなると、怪《あや》しまれることは避けられないだろう。

「えーっと、俺たち――」

「ドラゴンに吹き飛ばされてあの山に落ちたんだ」

えっ、えーーーっ!?

アデル！

「いきなり現れて吹き飛ばされたから、逃げる間もなかった。だからここがどこかもわからないんだ」

とても七歳には思えない堂々とした言いっぷりなのは感心だけど、状況をそのまんま伝えるわけ？　マジか。

「ドラゴン!?　それは怖かったねぇ、ぼうや」

「だけど、その恰好を見るに、貴族が豪族か、かなりいいところのおぼっちゃんじゃないの？　ご両親、心配してるだろうに」

「うん。これから家に帰るのに、この恰好じゃ大変だから、動きやすい服が欲しいんだ。交換してくれる店を探してる」

「なるほど。もうすぐ夕市用の荷馬車が出るから、それに乗って街まで行けばいいよ。古着屋の場所も教えてあげるよう言っておくから」

「ありがとう！」

なんか話が決まったみたいだ。

すごい、アデル。さすが王子様！

なんて言ってる場合じゃない。ここは俺がちゃんと交渉を……ん？　なに？

アデルが俺を見上げ、ニマっとすげぇ得意げに笑っている。自分の交渉でうまくいったからうれしいのか。

んーー、成功体験って大事なんだよな。ここはヘタなことはせず、アデルの手柄を褒めてやるのが吉か。

GJ《グッジョブ》！　と親指を突き出してウインクしてやると、最初俺のジェスチャーの意味がわからなかったのかぽかんとなったが、すぐに真似て親指を立ててにんまり笑った。

いい顔だ。

それからしばらく、アデルとナリスはとっかえひっかえやってくる女の人たちに相手をしてもらって、楽しく過ごしていた。俺はというと、ただで荷馬車に乗せてやるのだからとナスやキュウリの収穫を手伝わされて大変だった。

で、夕市の場所まで行って、驚いた。けっこう大きな街だったのだ。

俺は街からはずれた山から下りてきたからわからなかったが、かなりの賑《にぎ》わいで人が多い。アデルとは手を繋いでないと、はぐれそうで心配になったくらいだ。

顔つきや肌の色、服装、いろんなタイプが入り交じっている。それらを見ていると、この街は旅をしている行商人たちの立ち寄り場所なんだと思った。イスタンブールとか、あんな感じ？

ここまで連れてきてくれた農家のおっさんたちから、『マルロ』って名前のリサイクルショップの場所を教えてもらい、礼を言って別れた。

三人でリサイクルショップを目指している間、なんか露骨にジロジロ見られてヤな感じ。

アデルたちの恰好がいかにも金持ち、それに対して俺はかけ離れた変なデザインの恰好で、まさか子どもを誘拐したんじゃないだろうな、なんて怪しまれている気がして、早く二人には着替えてもらいたいと切実に思ってしまった。

「コージ、あれじゃない？　マルロの店って書いてるよ」

「そうだな、あれだろう。行こう」

「うん」

「いこーいこーぉ！」

早足で店に向かう。そしてドアノブを掴んだ。

「いらっしゃいませ」

ドアを開けた瞬間、元気のいい掛け声が聞こえた。中は広く、いろんな商品が天井近くまで積み上げられている。かと思えば、奥のほうは衣類関係なのか、太い鉄のパイプに服がいっぱい吊り下げられている。

出迎えてくれたのはエプロン姿の若い女の子だ。クリッとした大きな目がなかなか可愛い。

「すみません。この子たちの服を売って、得たお金で別の物を買いたいんです」

「ブラウス二着ですか？」

「いやいや、全部。ブラウス、ズボン、ブーツ。それから、この長上着」

「まあ。この上着、すごく上質！」

「親元に連れて帰ることになったんですが、この衣装じゃちょっと動きにくいもんで。でもこのブラウス、ボタンがないんだけど、大丈夫かな？」

目を丸くしている店員さんだったが、今の説明で合点がいったように小さく何度かうなずいた。そしてアデルの前にかがみ込み、生地を丁寧に確認する。

「ボタンがないのはけっこうマイナスポイントだけど、これ、かなりいい生地だし、刺繍も綺麗だから、そんなに値が下がる感じもしないですね。査定《さてい》している間に欲しいものを選んでもらえます？　とりあえず、ぼうやたちはこれを着てもらおうかな」

子ども用のガウンを渡されて着替えると、店員さんは服やブーツを持って奥の部屋に消えていった。

「好きなの選んでいいよ」

「うん」

長袖の服と少し厚めのズボンは二着ずつ、それから上着と底が厚めのブーツ。下着も一着ずつ。洗っている間、裸でいさせるわけにはいかないから、着替え用が必要だ。

他にはリュックと軍手。

それでもまだ出てくる様子がないので、他の客の邪魔にならないよう店内を見学していると、地図らしきものを見つけた。これ、買っておくと便利かも。

「あ」

地図の隣には方位磁石もある。けど、特別変わったこともなく、見慣れたモノと同じだ。針は止まっていて、ちゃんと北を指している。

どういうこと？

「にーたま！」

ん？

ナリスの少し焦ったような声がしたので顔を上げると、アデルがぽっちゃりしたおばさんに話しかけられていた。

「！」

おおお……ぞわっときた。かなりの確率で当たる俺の虫の知らせ、第六感！　ケツのあたりがぞわぞわするんだ。

「おーい。いいのあったぞー」

アデルと名前を呼びそうになって慌ててやめた。店内にいるのはアデルの真横にいるおばさん以外に、中年の男女三人、いや、四人か。不用意に名前を知らせることはない。なにが起こるかわからないから、慎重にならないと。

「なに？」

アデルが俺に向かって駆けてくる。

日本で見るなら微笑ましいなぁって思うだろうけど、ここは見知らぬ土地で、治安とか人柄とかわからない。近づいてくる者には気をつけないと。

「あのおばさんとなにを話していたんだ？」

「どこから来たのか尋ねられたんだ」

「そっか」

もう一度さっきのおばさんがいたほうを見たが、すでに姿はなかった。いたのは胸にヘビかトカゲかが渦巻きになっているマークのついた上着を着た男と、その連れらしき女だけだった。

「お待たせしました」

さっきのエプロン姿の女の子と中年のおばさんが現れた。

「ぼうやたち、いい家のお子なんだろうねぇ。こんな高級な生地、滅多にお目にかかれないよ」

おばさん、でっかい声でそういうことを言わないでほしいんだけど。

「ちょっと事情で、ここまで吹き飛ばされちゃって」

アデルを真似《まね》て言ってみた。

「おやおや。吹き飛ばされたって、聖獣の悪ふざけに巻き込まれたのかい？」

「なんで聖獣ってわかるんです？」

聞くとおばさんは、ふふふっと笑った。

「人間の力じゃ吹き飛ばすなんて真似はできないよ。聖獣か魔獣のどっちかだ。でも、魔獣は人を見たら食べようとして襲いかかってくるから、吹き飛ばすなんてことはしない。消去法で、聖獣ってことになる」

なるほど。

「とはいえ、聖獣でも小型では無理だから、それなりに大きな輩《やから》となる。大きな聖獣ってのは機嫌が悪いか、逆によすぎると、はしゃいで悪ふざけをするんだよ」

「えーっと、ドラゴンに吹き飛ばされたんだ」

「へえ。だったらうなずけるね」

「おかげで俺が二人を親元に届けないといけなくなってさ。だから、もっと動きやすい恰好をさせたくて。あと、これ、ピースリーの地図だよね？　この街は地図ではどこになるの？」

地図を広げると、おばさんはうなずいた。

「この国はソランニ王国。この街はここ、南の端に位置しているラベル州のチャナ。マンガン王国とピラウン王国の国境に面している貿易の街だ」

「どうりで。えらく賑やかだから驚いてたんだ」

指さされた場所は三国が隣接している場所だった。これを見て、ふとある山の名前が頭に浮かんだ。

「雲取山《くもとりさん》みたいだ」

「え？　くも？」

「いや、こっちの話。今いる場所がわかって大助かり。あ、そうだ、もう一つ教えてほしいんだけど」

言いつつ、俺はポケットから方位磁石を取り出した。おばさんに見せつつも、俺自身も確認する。針は止まっていて、北を指している。

「山でこれを見たら、クルクル回って止まらなかったんだ。でも今は違う。これってなんでか、わかる？」

「難しいことはわたしにゃわからないけど、方位磁石が狂う時は、たいてい聖獣か魔獣が近くにいるんだよ」

「えっ！」

「彼らは魔法の塊みたいな存在だからね。体からそういう力が放出されているんだ」

「じゃあ、あの時、俺の傍に聖獣か魔獣がいたってこと？」

「そうだと思うけどね」

ぞぞぞっ。マジかよ。よく無事だった。これから気をつけよう。つか、このピースリーは、物理とか地学とか、まったく関係ない世界なのかよっ。

……魔法が存在してるんだから、そうなのかな。

「おばさん、いろいろ教えてくれてありがとう。それで、これだけ選んだんだけど、地図込みでどんな感じ?」

おばさんは予備の服を紙袋に入れ、コインを数枚台に置いた。銀貨もあって驚いた。

「これ、いいの?」

するとおばさんは軽快に笑った。

「あの服、かなり高位の貴族か、ヘタすりゃ王族あたりが着るような代物《しろもの》だよ。特に襟元の刺繍とレース。糸が細くて扱いが難しいのに、あの細かさだ。なかなかお目にかかれない技術だ。ウチはズルなんてしないからね。これはれっきとした兄ちゃんの取り分だよ」

「そっか。ありがとう」

コインを袋に入れてポケットにしまい、手渡された紙袋をアデルにパスする。

生地と刺繍とレースでこれだ、宝石をつけたままだったら、おばさん卒倒していたかもな。

「おばさん、換金所を教えてくれる?」

「換金所ならここを出て南に向かって少し歩けばすぐだよ」

「ありがとう!」

扉口までは若いほうの店員さんが見送ってくれ、俺たちは軽く会釈《えしやく》をして店を出ると、その足で換金所に向かった。そこでアデルのクラヴァットピンを金に換えた。

店員はすごく驚いていたが、良質な宝石だと喜んでくれたし、使いやすいようにとなるべく細かなコインに換金してくれた。

「コージぃ、おなかすいたぁ」

「わかってるって」

次に目指すは食堂付きの宿屋だ。さっきのリサイクルショップの彼女にいくつか教えてもらったのだ。

「あった、ここだ」

「一軒目で決まればいいのにね」

「きまれぇーきまれぇーー！」

ナリスは元気いっぱいだ。俺の胸の前で無邪気にはしゃいでいる。だがさっきまで、アデルにさんざん注意を受けていた。自分たちがファイザリー王国の王子であること、両親が国王と王妃であることは絶対に誰にも言ってはいけない、って。

ナリスはアデルの念押しに明るく「わかったわかった」と答えていたが、最後には「王子の誇りだからな」とキツい目で言われ、さすがにアデルの本気度を察したのか、神妙な顔をしてうなずいていた。

けど……大丈夫かな。三歳の子どもが約束を覚えていて、守り通すなんてできんのかな。俺は絶対に無理なガキんちょだった。賭けてもいいな。

それにしても、アデルの言葉は正解だった。山のある国ってことで、マンガン王国とソランニ王国のどちらかだろうと言ったが、この国はファイザリー王国から最も遠いソランニ王国だった。ただ救いなのは、ソランニ王国の中では最南端だったことだ。

そして今いるこのチャナという街の位置は、地図を見るに、日本の雲取山の位置に似ている。つまり、東京、埼玉、山梨の三都県が接する場所で、ソランニ王国が埼玉、マンガン王国が山梨、ピラウン王国が東京という位置関係なのだ。

その他の国は、メジロス王国が神奈川、クチュリ王国は静岡、マリウン王国が岐阜という感じの配置で、ファイザリー王国は神奈川と静岡の下に位置しているから、日本地図的には県が存在してないってことで、海の中だな。

それに地図のおかげで七国の全体像、地形や山や河川などの位置関係がわかった。

ファイザリー王国に帰るのはかなり時間がかかりそうだ。なるべく人目につかないようにと思っていたけど、これは要所要所での移動手段に足を確保する必要がある。

それから、不思議なことに、地図に書かれている文字は俺にとっては記号にしか見えないのに、なぜだか読めるから驚きだ。アデルはそれがこのピースリーにかかっている大いなる魔法のおかげだと言うのだが。

そんなこんなで教えてもらった店に到着したので扉を開けると、中はむせ返るほど人がいて、酒に酔ったおっさんたちが騒いでいた。

ここで子どもにメシ食わせるのはちょっとなぁ。でも、仕方がないか。

「いらっしゃーい！」

きれいな女性が近づいてきた。指を三本立てて、三人だと示す。その店員さんはナリスを見てから壁際のテーブルを勧めてくれた。

「子どもが好きそうなものをいくつかお願いします」

「ビーフシチューとかどうかな。あと、ポテトサラダとか、ソーセージとか」

「じゃあそれで。飲み物は二人にはジュースかなにか。俺は水でいいです」

「了解」

「あと、できたら宿泊も希望なんですけど、空いてます？」

「空いてるわよ。食べたら部屋に案内するわ」

店員さんが元気に言って奥に注文を告げに行く。その背を少し眺めてから、ほっと息を吐いた。食べ物にありつける。それも自分で料理しないから楽ちんだ。

「おなかすいたぁ」

ナリスはさっきからそればっかりだな。でも、真実だ。

「僕も」

「俺も」

「まだかなぁ～まだかなぁ～」

「やめろよ、ナリス。はしたないぞ」

「でもぉ～」

「まあまあ。アデルものんびりやろうよ。やっとメシにありつけるんだから」

言いつつ、なにげなく食堂を見渡し、視界に動くものを捉えて視線がそっちに動いた。

食堂の扉が開いて人が入ってきた。

「あ」

「コージ?」

今、入ってきたヤツ、確かさっきのリサイクルショップでも見かけた気がする。アデルに話しかけてきたおばさんの後方に立っていたような。

いや、間違いない。顔もそうだけど、着ている服についている模様は覚えている。ヘビのようなトカゲのようなモノが、グルグルと渦《うず》を巻いているマークだ。

俺たちを追いかけてきた? 考えすぎ? 偶然?

でも、アデルとナリスが着ていた衣装は誰が見ても高級だし、貴族が着ているようなデザインのものだ。金持ちの子どもと思って誘拐して身代金を要求……とかって、ありそうだろ。

それに目をつけて追いかけてきたなら、俺たちが換金所に寄っているのも見ていたはずだ。

「コージってば」

「あ、ごめん。ちょっと考え事……」

二人に話して、妙にソワソワされて勘づかれたらマズいか。けど、このまま席を立って外に出たって追いかけられる。そのほうが捕まる確率は高い。子ども二人じゃ走って逃げるのも難しい。

夕市に出ている農家のおっさんたちのところに潜り込んで、一緒に連れて帰ってもらうほうが安全じゃないだろうか。

どうする。

いや、待て、考えすぎじゃないか？　警戒するあまり過敏になってるだけじゃ——そう思った瞬間、立ち上がっていた。また扉が開いてアデルに声をかけたあのぽっちゃりの中年女が入ってきたからだ。

「コージ？」

「コージぃ？　どーしたのぉ？」

こっちを見ている。

「二人とも、立って」

首を傾げる二人を立たせ、さっきの店員さんに向けて手を挙げた。彼女はすぐに来てくれた。

「どうしたの？」

「やっぱ、先に部屋を見たい」

「あら。わかったわ。ついてきて」

「コージぃ、おなかすいたよぉ？」

「ごめん、ナリス、ちょっと我慢してほしい」

ナリスを抱っこし、もう片方の手でバックパックを掴み上げ、肩に背負いこんだ。

廊下を出て二階に上がり、奥の部屋に案内される。

「小さいお子さん連れなら奥がいいかと思うんだけど、ここ、どう？」

俺は彼女の言葉を無視して窓を開け、外を確認した。表通りに面していないし、どん詰まりの部屋だから下には死角もある。ラッキーだ。

俺はバックパックからロープを取り出したら、そのバックパックを窓の下に落とした。

「ちょっと？」

「おねえさん、頼みがあるんだ」

「え……なっ、なに？」

「実は、追われてるんだ」

「え？　えぇ!?」

「このまま逃げたい。協力してほしい。これ、金。足りる？　注文したメニュー分」

目を丸くしていた店員さんは、俺の切迫している表情を見て真面目に言っていると察してくれたのか、金はいらないと言い、受け取らない。

「でも」

「注文は取ったけど、まだテーブルに出してないから。それより、どうするつもりなの？」

「ロープをベッドの足に括《くく》り付ける。無事に降りたら三回引っ張るから、そしたらロープを解《ほど》いてほしい。もし固くて解けなかったら、このナイフで切ってくれていい」

言いつつ、ポケットからアーミーナイフを手渡した。

「ナイフはロープに縛ってくれたらいいから」

「わかった」

ロープの片側をベッドの足に縛り付け、右の肩にナリス、左の肩にアデルをしがみつかせた。

さすがに二人同時にしがみつかれたら重い。

「大丈夫？」

アデルが心配そうに聞いてくるのを、うなずいて応える。ズボンのポケットに入れてある軍手をはめ、垂らしたロープを掴んで窓の外に出た。

「絶対手、離すなよ」

「うん」

「あい！」

二人はなにが起こっているのか、俺がなにをしているのかわかっていないだろうが、真剣であることは感じ取っているようだ。

ロープを使い、消防士や軍隊が訓練でやっている、ラペリングと呼ばれる懸垂下降《けんすいかこう》で下に降りる。一階分だから簡単だ。

なんでこんなことができる？　と思われるかもしれないが、山にひと月くらい籠もることがあったから、万が一のために練習していたんだけど、まさかそれが本当に役に立つとは思わなかった。しかも、異世界で。

無事に着地し、三回ロープを引っ張ると、先にアーミーナイフを結び付けたロープが落ちてきて、続けて店員さんが顔を出した。

ありがとう！　と口を動かし、両腕を振る。すると彼女も手を振ってくれた。

俺は素早くバックパックを担ぐと、ナリスを抱き上げ、アデルの背を軽く叩いた。それから手を繋ぐ。

「急ぐぞ」

「あ、うん。でも、なんで？」

「説明はあとだ。とにかく夕市《ゆういち》の場所に行く」

早足で進み、なるべく人の混みあっている場所を選んで進む。連中が追ってきていないか時々振り返って確認するが、今のところ大丈夫なようだ。

ようやくたどり着き、おっさんたちがたむろっている輪の中に入った。

「あれ？　どうしたんだ？　宿屋に泊まるんじゃなかったのか？」

「そうだったけど、なんか妙な連中がいてさ」

「妙な連中？」

「うん。気のせいかもしれないけど、『マルコ』で見かけたヤツが、宿屋に来てこっち見てんの。こいつら見るからに高そうな服着てただろ。だから心配になってさ」

おっさんたちは口々になるほどと言い、じゃあ一緒に戻ろうと言ってくれた。商売を終え、片づけも済んだので、これから村に帰るところだったそうだ。

間に合ってよかった。もうちょっと遅かったら、誰もいないここで呆然となっていたことだろう。

「アデル、ナリス、今夜はおっちゃんチに泊まるか？」

おっさんの一人が二人に向けて話しかけた。

「てめぇんチは男一人で汚ねぇだろうが。うちに来い。おっかぁがうまいメシを食わせてくれる」

「おなかすいたぁ～」

「そーかそーか、ナリス、俺ンところがいいか」

「食いもんで釣るなよ」

「いーじゃねぇか」

わははっと盛り上がる。その様子を見て、ますますほっとした。

今夜は泊めてもらって、明日、食料を買って山を通って進むしかない。

「コージ」

アデルが心配そうに俺の名前を呼ぶ。二人に向けて説明はしなかったが、おっさんたちに話したのを聞いて理解してくれたのだと思う。

それにアデルは、ナリスにさんざん身分のことを口にしてはいけないと言い聞かせていた。彼は日ごろから王子として、状況に応じてどう振る舞わないといけないのかを教育されているのだろう。

七歳だってのに、すげぇな。さすが王子様だ。

「心配させて悪かったよ。でももう平気だ。アデルとナリスには不便をかけるけど、山間を通って隣の国を目指そう。そうしたら、二人が金持ちのぼっちゃんだって知ってるヤツはいないから、交通手段を使って移動もできる」

「うん」

「にーたま、おなかすいたぁ」

「お前はそればっかりだな」

「えーー、でもぉ」

「僕もだよ。コージもだ。だから、もうちょっと我慢だ」

「あい！」

二人の両親、国王夫妻のもとに無事にたどり着けたら、きちんと伝えよう。アデルもナリスも聞き分けがよくて、素直で、朗らかで、とってもいい子だって。

こうして俺たちはおっさんたちと一緒に村へ戻り、うまい夕食にありつき、ベッドで眠ったのだった。


「ばいばーい！」

「気をつけてなー」

「元気でねー」

思いっきり叫びながら手を振るナリスに、村のおっさんたち、おばさんたちも応えてくれる。俺やアデルも同じように手を振って別れを告げた。

昨夜は無償でベッドに寝させてもらった俺たちは、朝食までごちそうになってしまった。で、食料を買って山に戻った。これはちゃんと買った！

新鮮なところでは卵、牛乳、バター、生のチキンやベーコン、各種野菜。

液体は重いが、育ち盛りの子どもが二人いるし、お菓子も食べさせてやりたいので譲れない。

それから、パンをいくつか。おばちゃんたちは申し訳ないくらい親切にしてくれて、バゲットサンドイッチのようなものを持たせてくれた。昼間はなるべく移動したいだろうから、手軽に食べられるようにって。

ありがたい。人の優しさに泣けてくる。

けっこうな荷物になったが、それでも三人だから、三日か四日ってところじゃないかな。

そして深鍋を一つ譲ってもらった。深鍋は嵩張るけど、三人分の料理をするのであったほうが便利だろう。

「るんたるんた、るんるんた♪」

「ご機嫌だな、ナリスは」

「ふふふ、たのしい」

「そっか」

「るんたるんた、るんるんた♪」

ナリスがご機嫌で歩いている。けもの道なので足場は悪いんだが、どうしても自分で歩くと言ってきかなかった。けど、ご機嫌なのはリュックのためだ。

三歳のナリスには荷物を持たせるよりも自分で歩いてくれるだけで充分なのに、自分も持つと言い張って、それで分けてもらった羽毛をリュックに入れることにした。

羽毛は焚き火をするのに可燃材料としてもってこいだ。火がついて舞わないようにさえ気をつければ、着火が早いしよく燃えてくれる。枝をナイフで削いで毛羽《けば》立たせて燃えやすくする方法があるが、鳥の羽根に見えるからフェザースティックと呼ばれているくらいだ。

本物の羽根が手に入ったから着火が楽だし、羽毛なので軽い。これならナリスのリュックに入れても負担にならないだろう。

それからもう一つ。パンだ。細長いバゲットが二本、リュックの両端から飛び出している。

ナリスは大事な荷物を任されたと思ってか、ずいぶんうれしそうだ。

それに対して、ちょっと可哀相なのがアデルだ。アデルだってまだ七歳の子どもなのに、俺を気遣ってけっこう持ってくれている。

「アデル、重くないか？」

「大丈夫」

「キツくなったら言えよ」

「わかってる」

食事の回数が進めば進むほど荷物は軽くなっていくし、あの連中はたぶん撒けたと思うし。このまま山を通って南下し、国境を越えてピラウン王国に入ったら、一度里に下りて宿に泊まってもいいだろう。

「コージぃ」

ナリスが繋いでいる手を引っ張って俺の名前を呼んだ。

「ん？」

「おなかすいたぁ」

反射的に腕時計に視線をやるとほぼ正午だ。腕時計なんかよりもナリスの腹時計のほうがよほど正確だな。可愛くて笑える。

「そうだな。メシにしよう」

「するするぅ！」

「アデルも」

「うん」

俺たちより前を歩いていたアデルが振り返って笑った。ほっとしているような感じに見えるのは、もしかしたら弱音を吐いたらいけないと思っているからだろうか。

アデルにはちょっと思うことがある。俺の周囲には小さな子がいないから、七歳の子どもがどんな感じなのか具体的にはわからないんだけど、なんかアデルは年相応に見えないんだよな。

「ここでメシにしよう」

　沢の近くまで行き、大きな岩の上に座っておばさんが作ってくれたサンドイッチを広げる。玉子、ハムトマト、肉などがある。

「二人はどれがいい？」

「ナリス、たまごがいぃ！」

「玉子ね。アデルは？」

「僕はハムトマトがいい」

「ハムトマト、了解」

　二人のリクエストを手渡して、俺は肉のサンドイッチにかぶりついた。

　うまい。さすが、おばちゃん。

　しばらく食べることに集中し、終えたら水を飲んで一服する。するとナリスがさっそく船を漕ぎ始めた。

　ここは木陰で風通しがよく過ごしやすい。テントを張らなくてもいいと判断し、寝袋を全開にして地面に広げた。その上にタオルをかけてやる。

「アデルもおいで」

「うん」

　疲れていたのか、アデルは素直に横になった。そして仰向けで空を眺める。寝ないのかなって思っていたら話し始めた。

「サンドイッチ、おいしかったね」

「そうだな。肉が分厚くて食べ応えがあった」

「ハムもだよ。僕さ、ここに飛ばされてから、食べ物がしょぼくてちょっとガッカリしてたんだ」

「ははっ、そりゃあなぁ。お城の料理とはわけが違うから。おにぎりと味噌汁と魚だけだったし」

「ごめんなさい。せっかく用意してくれたのに、こんなこと言って。でも、最初見た時、そう思った。これからこんなご飯ばっかりなのかなって思ったんだ。僕は……出された食べ物だけを見てたんだ」

アデルは一度言葉を切り、大きく深呼吸をした。それから顔を俺に向けた。

「だけどさ、コージやおばさんたちがご飯作ってくれてる姿を見て、知って、いつも食べてたご飯だって、シェフが一生懸命作ってくれてたんだろうなって思ったんだ。いきなり出てくるんじゃなくて、誰かが僕のために作ってくれたんだって」

「うん。それで？」

「当たり前だって思っちゃいけないんだって。僕は、見ているだけで、なにもできなかった。なんの手伝いもできなかった。だからせめて、ありがとうって思って、その気持ちをちゃんと言えるようにならないといけない」

「アデルは偉いなぁ。人がやってることを見て、その向こう側にある大切なことに気づけるなんて。まだ七歳なのに」

褒めたらアデルの顔が赤くなり、照れくさそうに視線を逸らせて何度か瞬きをした。

こんな年相応の顔もするんだな。ちょっと安心した。

「父上みたいな立派な王様になりたいんだ。だから一生懸命勉強して、いつもきちんとしていないといけない」

「そっか。やっぱ王子様は偉いよ。俺なんてめちゃくちゃいい加減だから。でも、アデル、もっと力抜いていいんじゃないか？」

なんて言うと、アデルは驚いたように顔を俺に戻した。

「どうして？　みんな、王子だからちゃんとしなきゃいけないって言うのに？　誰しもの手本になるような存在でないといけないって」

「みんな王子様だから常に頑張れって言うのか。そりゃ大変だ」

「コージは違うの？　コージは言わない？」

「そうだなぁ。俺は言わないな」

答えると、アデルはますます驚いたような顔をして起き上がった。

「どうして？」

「んー、だってさ、俺はアデルがどんな王子様であるべきかとか、将来どんな王様にならないといけないか、なんてわかんねーもん」

「………」

「それに、アデルは今七歳だろ？　国王になるってどれくらい先？」

「どれくらいって……えっと」

「ずいぶん先だと思うんだ」

アデルは驚いたまま、うなずいた。俺もそれに合わせてうなずく。

「早く王様になるってことは、アデルのお父さんである今の国王がどうにかなってしまうことだから、それは望まないだろ？」

またアデルがうなずくので、俺もうなずく。

「元気で長生きしてほしいって望んで、その望み通りにお父さんが長生きしたら、アデルが王様になるのはうんと先になる。ってことは、アデルが立派な王様になるまでには、すんごい時間があるってことだ。だったら、時間をうまく使って、じっくり取り組めばいいんじゃないのかなって思うんだよ、俺は」

「………」

「どうしてもやんなきゃいけない勉強だけやってさ、好きなこととか興味があることとか、そういうことにも取り組んでいいんじゃねーの？　じゃないと、つまんねーよ。せっかく生まれてきたのに、好きなことができないなんて」

「……そう、だね」

俺は腕を伸ばしてアデルの額に手をやった。そしてぐいっと後頭部に向けてスライドさせるように撫でた。

「お城じゃ嫌だって言いにくいんだろ？　だったらさ、今、自由を謳歌《おうか》したらいいんじゃね？　俺とナリスしかいないいんだからさ」

「誰も見てないから？」

「そ」

アデルはふっと視線を逸らすと、俺の手から離れるように顔を動かして横になった。そこから俺をまっすぐ見上げる。

「僕の教育係のバリカは、王たる者は人が見ていないところで襟を正すものだって言ってるよ」

「………」

うーん。それはそうで、そうとも言うんだけど。

なんと返事をすべきか考えている間に、アデルは目を閉じて寝てしまった。

ちっさい体でこんなことを考えているのか。

もしかして、アデルがナリスによく注意しているのは、王子様としてふさわしくない言動だと思っているからなのかな。でもそれは難しいよ。だってナリスは三歳なんだから。

三歳の子どもの知能や知識では、まだまだ世の中のいろんなことを理解するのは難しい。だけど七歳と三歳なんてあまり変わらない年齢なんだから、自分と同じようにできると思うんだろうな。

人の見ていないところで、か。王様も王子様も大変だ。

けど、アデル、すっごく申し訳ないけど、俺は自分の世界じゃあ、将来なにになるか、どこに就職するか迷ってる大学生なんだ。そんなたいそうなこと、できやしないよ。

「……はあ」

こういう時、うまいコーヒーが飲みたくなる。ナリスとアデルを確認した。寝入り端《ばな》だからしばらく起きないだろう。

俺はコーヒー一杯分の湯を沸かせられるだけの小さい囲炉裏を作り、クッカーを火にかけて豆を煎り始めた。豆はキリマンジャロを選んだ。

しばらく煎ると焼けて爆ぜてパチパチと音がする。これを『ハゼ』と言う。そうなったらもう飲める。だけど豆のタイプや、その時に飲みたいと思う味で、どこまで煎るかは違ってくる。

浅煎りがいいのか、深煎りがいいのか。深煎りにするなら、さらに煎る。

お、聞こえてきた。パチパチパチ、と元気のいい音が。と同時に漂う芳《こう》ばしい香りも。

深煎りを目指してまだ煎り続ける。二度目のハゼは一回目よりも静かめだ。だけど二回目だからこそ、香りは強くなる。

キリマンジャロは苦みの少ない品種だから、浅煎りから中煎りだと酸味が引き立つ。味は爽やかな感じ。深煎りにすると香りが甘やかになる。

俺は基本深煎り派なので、今回も二回目のハゼが起こってから一拍《いっぱく》待って火から下ろした。

さて、ここから挽くんだけど、苦みが欲しいので、心持ち細かめにミルをセットし、ゆっくりとグリップを回した。

「くぅ、いい香り」

一杯分だからあっという間だ。家ならここでドリッパー&ろ紙を使うんだけど、キャンプの時はゴミを出したくないのでネルドリップで淹れている。でもネルドリップは布である特徴から、舌触りの滑らかな味わいになる。これはこれでうまい。

コーヒーの中にある粒子が布の起毛面《きもうめん》を通り抜けないので、まろやかになるらしい。俺には難しいことはわかんないけど、うまきゃいいんだ、うまきゃ。

澱《よど》みや油浮きもなく、澄んだ黒い表面をじっと眺めて顔がにやける。

よくコーヒーを飲んだら胃が痛くなるとか、胸やけがするって人がいるけど、それは酸化が原因だ。

コーヒーの表面に油分が浮いているのは古くなって酸化が始まっているからだ。新鮮なコーヒーは油など浮いてなくて、黒く澄んで輝いている。そして胃を痛めることはない。まあ、飲み過ぎたらいけないけどさ。

ゆっくりと深く鼻から香りを肺いっぱいに吸い込み、芳香《ほうが》を改めて堪能する。

「いただきます」

一口分を口に含む。さっきは鼻腔《びくう》から、今度は口内から、アロマが広がる。

「……うまいなぁ」

至高《しこう》のひと時だ。

たった二日しか経っていないのに、子どもといるって大変だなってつくづく思う。なにかあっちゃいけないって気を張ってるからかな。昼寝をしているわずかな一人の時間がこんなにも静かでほっとするなんて。いや、二人はめっちゃ可愛いんだけどさ。世の親御さんたちは毎日こういうのを繰り返してるのかな。頭が下がるな。

とはいえ、ぼーっとはしていられない。一人でじっくり考え事ができる貴重な時間だ。

俺は地図を広げた。

旅は始まったばかりだ。子どもを連れたペースで二、三時間歩いただけなので、進んでいないと言ったほうがいい。だけどまっすぐ南下すれば、二、三日くらいで国境を越えてピラウン王国に入ることができるだろう。そこで里に下りて情報収集をして、どうするか決める。できれば移動手段を徒歩以外にしたいんだが。

そんなことをぼんやり考えているうちにアデルとナリスが起きてきた。

「コージぃ」

「起きたか。いい夢見たか？」

「マウマウがそらとんだぁ」

「マウマウ？」

反復しながらアデルに視線をやると、そのアデルはふふっと笑って『マウマウ』なるものの正体を教えてくれた。

「マウルって名前の聖獣の赤ん坊なんだ。母上と仲のいい聖獣が卵を産んで、この前、生まれたんだ。馬みたいな体つきで、成長して大人になったら大きな翼が生えるんだけど、まだ赤ちゃんだから飛べないんだ」

翼が生えた馬みたいな聖獣……ペガサスみたいな感じかな。

「ぴょーってはねて、ばうってはねひろげて、ばばーんってとぶのぉ」

「すげぇ表現だな」

俺が目を丸くしているのが可笑しかったのか、アデルがくふくふと笑っている。

「二人とも、寝起きだし、これからしばらく歩き続けるから、水飲んで喉を潤すんだ」

「はーい！」

な。
「ゆっくり飲めよ」
クッカーに水を注ぎ、二人に渡す。透き通った沢の水は冷たくてうまい。山の恵みだよ
「うん」

二人が飲み終わったら出発した。

歩調はややゆっくりめで、途中小さな休みを入れつつ、四、五時間くらい歩いた。

「今日はここまでにするかな。疲れたろ」

沢の近くでバックパックを下ろしてそう言うと、アデルがうっすらと微笑んだ。否定はしなかったが、疲れているんだと思う。ナリスのほうはとっくに俺に抱っこされ、眠っている。

前と後ろに荷物を提げるのはしんどいが、ナリスに歩かせて進行スピードが激落ちするよりマシだ。

「でも、まだ日はあるし、休むの早くない？」

「暮れ始めてから晩飯の用意をするのでは遅いと思うんだ。手元が明るいうちに準備を終えてしまいたいからさ」

「そっか。そうだね」

アデルに手伝ってもらいつつ、簡単な囲炉裏、クレーン、ランタンスタンドを作って、

火を熾す。

するとナリスが目を覚ました。焚き火に当たりながら俺の作業を眺めている。沢から汲んできた水の入った鍋を火にかけたところで口を開いた。

「スープつくるぅ？」

「スープは作るけど、料理は段取りが大事なんだ。先にチキンを焼く準備をする」

「じゅんびぃ？」

ナリスが首を傾げているのを微笑ましく思いながら、鍋で湯を沸かす。沸いたらチキンを入れて軽くボイルする。ローストチキンを作るのだからそのまま焼いてもいいんだが、時間短縮と焼きすぎて焦《こ》がさないための下準備だ。

「コージ、次は？」

今度はアデルが聞いてくる。

「食材を切って煮るんだ」

茹でている間に、ベーコンを取り出した。

「ベーコンやくぅ？」

「いや、焼かない」

「焼かないならどうやって食べるのさ？」

「だから煮るんだよ」

「煮る?」

「にるぅ?」

「まあ見てなって」

ベーコンを一口大より大きめに切る。レモンは二つに。シイタケは石づきを落とし、ニンニクは薄皮を剥いで軽く潰す。

鍋からチキンを取り出して硬さをチェック。表面は弾力があるが、まだ中央には柔らかさが残っているので、五、六割くらい火が通った感じだ。ここからは焼く。

網の上に皮目を下にしてチキンを置く。その上にローズマリー、潰したニンニクを配置。まだ残っている脂《あぶら》が落ちて煙が立ち込める。これがちょうどいい具合に燻《いぶ》して、味わい深くしてくれるんだ。

鍋のほうは、表面に浮いた灰汁《あく》と油を取って、切った食材を全部ぶち込む。

ベーコンから脂と旨味と塩分が出るし、ニンニクが肉の臭みを取ってくれる。キノコの旨味は味に深みを増す。レモンの酸味はそれぞれの旨味を繋ぎ合わせてくれ、食材が持つ尖りを取ってまろやかにしてくれる。調味料はなしで放置しときゃ、めちゃくちゃうまい具だくさんスープになるんだ。

火加減はスープもチキンも弱めだ。チキンは皮がパリッと焼けて芳ばしくなる。

メシ的にはこれで充分だろうが、食後にデザートを食わしてやりたい。おばちゃんがパンにつけろってマーマレードジャムをくれたから、これを利用したものを作ろうか、なんて考えていたら、バサバサという大きな音とともに、頭上に影が落ちた。

「え？」

な——なに？

木の上に化け物がいる。コウモリの翼を生やしたヴェロキラプトルって感じで、けど首はろくろ首みたいに長くて……これが、魔獣!?

牙もすごいし、前足の爪がまたデカい。前足自体は小さいのに、なぜ爪だけそんなにデカいんだよ。しかも黒光りしているし！

顔を小刻みに揺らしながら、こっちを見ている。

そーいや、恐竜って動くものに反応するってテレビでやってたような。目はあまりよくなくて、いや、それはTレックスの情報か。ラプトルは目がよくて止まってるものでも認識するんだったっけ？

いやいやいや、見た目が似てるからって、中身まで同じとは限らないだろ。魔獣だぞ、魔法使うんだぞっ。

「コ、コージ、魔獣だ」

横でアデルが震える声で言った。

「わかってる」

ナリスは恐怖で完全に固まっている。つか、この状況で一番ヤバいのはナリスだ。捕食動物は、小さくて弱いモノを選ぶものだから。

けど、こいつを倒せば、魔石を手に入れることができる。そうしたら、それを売って金を手に入れることができるし、売れなくても動力として使うこともできる。使い方なんてわかんねーけど。

でも、これを、倒すのかよっ。

どうやって？

まるで恐竜映画だよ！　恐竜に襲われる映画！

映画の登場人物って、恐竜に出くわしたら……逃げてたよな？　立ち向かったりしてないよな？　戦ってるシーンって、武器を持ってる場合だけだよな!?　それでも負けてたよな!?

『きぃいいいいぃぃいぃいぃ――――――!』

ひぃぃぃっ。

全身がペタンコになって、ひゅ～っとどっかに飛んでいきそうなほどの甲高い鳴き声。

意識が吹っ飛びそうだ。

さらに、バサッと音を立てて大きな翼を広げた。

こっ、こっち来る！

「アデル」

「…………」

「なんか、いい策はないのか？」

「策？」

「だってあいつ、魔獣なんだろ？　だったら、倒したら、魔石が……」

「…………」

『きぃいいいいいぃいぃいぃ――――！』

ひいいぃ、ダメだ、この鳴き声だけで卒倒しそうだ。

『ねえ』

ヤバい。このままだと全員食われる。

『すっごくいい香りがするんだけど、食べ物だよね？　これくれたらアイツを倒してやるけど、どう？』

どうする！　どうするよっ！　なんとかアデルとナリスを隠して――

『ねえってば、聞いてる？』

「うるっせぇよ！　今、忙しいんだ！　アデル、黙ってろ！」

「僕じゃ、ない、よ……」

え？

顔を斜め下に向けたら目を潤ませているアデルとナリスが抱き合って俺を見上げている。

アデルはふるふるとかぶりを振った。

『威勢いいねぇ。だったら一人であいつを倒せるかな？』

え？　え？

ええっ!?

『きぃいいいいいいいいぃぃぃ――――――――――！』

ひぃぃぃ！

魔獣の鳴き声がめちゃくちゃ怖く響く中、囲炉裏のところにいつの間にか白いにいちゃんがいて、こっちを向いて笑っている。

このにいちゃんが普通じゃないのは誰の目にも明らかで、真っ白の長い髪に、ギリシャ神話に出てくる女性のようなドレープの衣装に、背中からはアヒルみたいな翼が生えていて、頭から触角みたいなものがぴよーーんと生えていて……え、えええ。

こっ、これ、どういう状況？

『このままだと君ら全員あいつに食われちゃうよ？』

「あんた、誰だよ」

『誰って聞かれても困るけど、僕は』

「聖獣だよね、お願い、助けて……」

アデルが弱々しい口調でそう言った。

聖獣？　こいつが？

「僕の魔法の威力は小さいし、攻撃は無理だし、コージはピースリーの住人じゃないから魔獣と戦うのは難しい」

『武器も持ってないしね』

なんだよ、その得意げな顔は。でも、俺を指さす手からは、けっこう鋭い鉤爪が生えている。銀色をしてるけど。

『これ、食べさせてくれたら代わりに倒してあげる』

「これって……」

調理中のベーコンのスープとローストチキン？

『魔石とか欲しいでしょ？　一石二鳥だと思うよ？』

「腹減ってるわけ？」

『匂いがすごくいい。食べてみたい』

マジかー！

『きぃいいいいいいぃぃぃぃぃ————！』

うひぃぃぃぃぃ。心臓に悪い、この鳴き声！

「食わせてやるから、あの怪獣なんとかしろ！」

『怪獣？　魔獣だよ』

「なんでもいいから、早くやれ！」

『なんだよ、君、人使い荒いね』

人じゃねーだろうがっ。

だがこの白いにいちゃん──強かった。

「………え、え、えっ」

頭上の木の上にいるコウモリラプトルに人差し指を向けたかと思ったら、その指先がビカッと光ってビームみたいなものが走った。

コウモリラプトルは眉間をぶち抜かれ、一瞬で落下して、絶命していた。

そんなコウモリラプトルに、白いにいちゃんはまた人差し指を向けた。

「もう死んでるけど？」

『魔石がいるでしょ』

指先からまたビームが放出され木端微塵《こっぱみじん》……にはならなかった。

コウモリラプトルの体全体が白い光に包まれると、腹のあたりに紫色の光が灯る。

『あの紫の光がこの魔獣の核だ』

「……へ？」

「コージ、あの核を体から取り出したら石化して魔石になるんだ」

アデルが教えてくれるが、それをやるのが俺ってこと？　死んでいても近づきたくないんですけど。

が、そうも言ってられなくなった。なんと、ナリスがてけてけとコウモリラプトルのところに歩み寄っていったからだ。

「待て、ナリス」

慌てて追いかけ、抱き上げた。

「だいじょーぶ、しんでるぅ」

「死んでるけどさ。一人は危険だろ」

言ってから俺は追いついてきたアデルにナリスを預け、ポケットからナイフを取り出した。紫色に光っているあたりに刃をあてて一気に捌く。ドチャっと内臓が出てきてグロいが、魚だと思えば、なんとか。

「あ、これか」

流れてきた内臓と一緒に紫の光も出てきた。触れられるのかなと思いつつ手を伸ばすと、確かに触れることはできるが、まったく重さを感じない。だけど発光が収まってくるとそれに反するように重さが出てきて、完全に光が収まったら深い紫色の石になった。

これが魔石か。

『紫色の魔石はあまり強力なパワーを出すことはないけど、持続するから保温なんかに重宝される。売るより持っていたほうがいいかもね』

「持っていたらって、使い方もわからないのに？」

『どこかで保温器を買えばいいじゃない』

保温器……そうか。これからの旅で、寒い国とか場所とか気候とかにぶつかることもあるだろうから、それもいいかも。

「保温器にはこの魔石をセットできるようになってるわけ？」

『機械や運搬具は、魔石を取り込む造りになっているんだよ』

電池みたいなもんかな。なんとなくイメージできるような、できないような。

『さてさて、ご飯だけど、全部食べちゃっていいよね？』

この白いにいちゃん、食い意地張ってるな。

「いいわけないだろ。みんなで分けて食べるんだよ」

『えーー』

えーーじゃないだろうが。なんなんだよ、こいつ。

とはいえ、意識がコウモリラプトルに行っていて、調理中だったことを忘れていた。ヤバい。スープはいいとして、ローストチキンはローストすぎるチキンになっちまう。

急いで囲炉裏に戻ってチキンをひっくり返すと、焦げてガビガビではなかったが、食うにはちょっとどうかな、ってな感じの硬さになっていた。

まあ、皮だしな。パリパリなのをイメージしていたのでちょっと残念だが、仕方がない。

ナイフを突き刺して皿に載せると、皮をむいて白いにいちゃんに渡した。

『わー、おいしそうだね』

白いにいちゃんはチキンをクンクンしながら目を輝かせている。クッカーをバラしてその一つにベーコンとキノコのスープを入れて、これも渡すとさらに目を大きくした。

『この香り、いいねぇ！』

ガーリックとレモンのことを言ってるんだろう。

ローストチキンは一本をそのままアデルに、残りの一本は食べやすいように小さく切ってナリスに渡す。

「コージはいいの？」

「大丈夫」

続けて二人にもスープをよそって横に置いてやる。囲炉裏の上があいたら、今度はパンを切って軽く炙った。

「このまま食べてもいいし、スープの中に入れて柔らかくして食うのもうまいから」

アデルとナリス、それから白いにいちゃん、それぞれうなずいてパンを手に取る。

三人全員に食事が渡ると、一斉に食べ始めた。

「コージぃ、これ、うまうまぁ」

チキンを口いっぱいに頬張ってナリスがにこにこと笑いながら言っている。

ホント、ナリスってば可愛いよなぁ。

『おいしい！　これ！　すごくおいしい！』

おいおい、そんなにガッツかなくても……この聖獣なんなん？

背中の小さい翼と頭から生えてる触角以外はまるっきり人間と変わらないから、コスプレしてるにいちゃんって感じで、聖獣って言われてもピンとこないけどさ。

アデルを見たら、こいつも同じことを考えていたのか目が合った。そして苦笑している。

なにか言いたそうだが、それはあとで聞くことにしよう。

俺もスープの具を口にしようとしたその瞬間、ガツガツと必死に食ってる白いにいちゃんが、いきなりボン！　っと大きな音を発して煙に包まれた。

……え？

煙が消えたら……白い毛むくじゃらの獣が現れた。

顔と体は、目がクリクリした白いライオンの赤ちゃんみたいな感じで、頭からは先端が丸くなった触角、背中にアヒルのような翼が生えていて、尻尾もある。足の鍵爪は鋭い。

どういうこと？　あ、いや、こいつ、化けていたのか。

白い獣は俺たちが凝視していることに気づいて、チキンを食べる手を止めてこちらを見返した。

『あ……あれ』

それから自分の腹や足を確認し、姿が変わっていることをようやく気づいた。

『ありゃ～バレちゃった』

バレちゃったじゃねーよ。

『やー、人型のほうが受け入れてもらいやすいかなーって思って』

一人でなんか言ってるよ。まったく。

俺が呆れて無言で凝視していたら、隣のナリスが横から口を挟んできた。

「マウマウとにてるねぇ」

『そう？　でも僕は馬型じゃないよ。マウマウはペガサスでしょ？』

「そうなのぉ？」

『だって馬型で翼が生えてるんだったら』

「そっかぁ。マウマウはペガサスなんだぁ」

「マウマウじゃなくてマウルだけど。それにマウルはペガサスじゃないよ」

アデルが割って入って否定した。

『そうなの？』

「だって母親が卵を産んで、それで誕生したんだから。ペガサスは卵から産まれないんじゃない？」

『それはそうだ。じゃあ、新種の聖獣かな』

「新種？　それはないと思うけど」

なんか話がぜんぜん見えないんだけど。

けど、俺の世界にだってカモノハシみたいに卵から産まれる哺乳類もいるから、異世界ならペガサスっぽいのが卵から産まれてもいいんじゃね？

つかさ、そもそも聖獣とか魔獣とか、俺にはどういう生態系で産まれてくるのかよくわかんないし。

そういうわけで、俺は聖獣と話をしているアデルとナリスを眺めていた。

「マウマウににてるからぁ、なまえはー、パウパウはぁ？」

「だからー！　ぜんぜん似てないだろ。それになんだよ、パウパウって！」

『ははは、僕の名前、パウパウなんだ。あははは、いいね』

「いいの!?」

『いいんじゃない？』

「じゃあ、パウルにしようよ」

「パウパウだよぉ」

『どっちでもいいよ』

盛り上がってるなぁ。俺もパウパウでもパウルでも、どっちでもいいけどさぁ。

それにしてもこいつ、いつまでいる気なんだろう。俺としては二人にデザートを食わしてやりたいんだけど。

とはいえ、なんだか二人ともすっかり懐いてしまったようだ。ナリスなんかこいつの白い毛を引っ張ったり、触角を掴んだりして遊んでいる。触角って傷ついたらマズいんじゃないか？　触っても大丈夫なんだろうか。

俺は話に入る気にもなれないし、かといって聖獣が去る様子もないし、待てないからスイーツを作ることにした。

小麦粉大さじ二杯、卵黄一個、牛乳大さじ一杯、砂糖大さじ一杯を入れて混ぜ、そこにマーマレードジャム大さじ一杯を投入。正確な分量じゃないけど、キャンプで作るんだから誤差は愛嬌《あいきょう》だ。

次に卵白《らんぱく》を軽く泡立て、砂糖大さじ一杯を入れて、しっかりとしたメレンゲを作る。できたメレンゲを三回に分けて生地に混ぜあわせる。練って泡を潰さないように、さっくりと。

フライパンにバターを敷き、生地を三つに分けてこんもり山形になるように盛る。そこに湯を少し入れて蓋をする。

ん？

視線が気になって顔を向けると、二人と一頭がフライパンをガン見していた。

真っ先に食いついてきたのはお前かよ。

『それ、なに？』

「ふわふわスフレパンケーキ」

『ふわふわスフレパンケーキ！』

反復しなくていいって。けど、アデルやナリスよりも目を輝かせているのが微笑《ほほえ》ましいというか、食い意地が張っているというか。

蓋を開け、ひっくり返す。半分以上焼けているから甘酸っぱい香りが立っていい感じだ。

そこにまた少量の湯をさして蓋を閉じる。少し待ったら完成だ。

両面綺麗なきつね色。クッカーに取り分けて揺らしたら、ふるふるって震える。二人と一頭が「おおっ！」と歓声を挙げるのが笑える。

これだけで充分甘いと思うが、好みでマーマレードジャムを添えてもいい。

『わ、ふわふわだ。それに甘い！』

「おいしいっ」

「おーいちぃ！」

三人三様（二人二様一匹一様？　もう面倒だから『人』でいいか）に叫んでパクついている。

「なぁ、聖獣さん。あんた、本当の名前は？」

「パウパウ」

「パウル」

と、アデルとナリスが同時に言った。

「パウパウ！」

「パウルだって！」

「まあまあ、二人はいいから」

で？　と聖獣を促すと、こいつは肩を竦めて笑った。

『名前はないよ。僕らは人間に向けては人語を使うけど、他の生物に対しては生命力、心の声でコミュニケーションを取るから』

それって、飼い猫が人間に対しては鳴くけど、同じ猫に対してはほとんど鳴かないってのと同じ原理？

『だからパウパウでもパウルでもどっちでもいいよ』

「パウパウ！」

「パウル！」

「パウパウ！」

「パウル！」

ずっとやってるな、この二人。じゃんけんで決めさせても、きっと負けたほうが悔しがるんだろうな。

「わかった。じゃあ、あんたの名前は俺が決める。ブロンだ」

『ブロン？』

「白って意味だ」

『まんまじゃないか』

「わかりやすくていいだろ？」

アデルとナリスは不服そうに頬を膨らませている。

『子どもの案を採用しないのかい？』

「そうしてやりたいけど、どっちに決まっても不満だろうから、俺が手柄をもらうことにする。というか、スフレパンケーキを作った褒美でいいだろ」

『………』

な！　と気持ちをこめてアデルとナリスを見ると、ナリスは口を尖らせているが、アデルはうっすら笑っている。いや、苦笑いか。

「パウパウでいいよ。僕が折れたら解決するんでしょ？」

と、アデルが言いだした。

「本当にいいのか？」

「いいよ。意地を張ることじゃないし。名前くらいナリスに譲ってやるよ」

「そっか。じゃあ、名前はパウパウで決定だ」

「わーい！　パウパウだぁ！」

はしゃぐナリスは微笑ましいが、聖獣パウパウはどさくさに紛《まぎ》れて脇に置いているパンを掴んで齧りついている。どこまで食い意地張ってんだよ、こいつ。

「ということで、パウパウ、お前、いつまでここにいるつもり？」

『いつまで……んーー、そうだなー。ご飯おいしいし、飽《あ》きるまでいたいなー』

飽きるまで……ふざけんな。

『それに君たちも聖獣が傍にいたほうが、なにかと得だと思うよ？』

だから、ふざけんなって。

「異世界人の俺にはなにが得かわかんねーけど、お前がメシを食ったら食材が減るんだ。さっきのメシとスフレパンケーキは、魔獣を倒してくれた礼ってことで相殺《そうさい》でいいけど、次からは対価がいる」

『対価？』

「そう、対価だ」

『だから、なにかと得なんだよ、僕がいたら』

「なにかと、じゃなくて、具体的に示してほしいんだよ。例えば、二人をファイザリー王国まで運んでくれるとか」

『僕が運ぶの？　残念だけど、御覧のとおり翼があるから空は飛べるけど、誰かを乗せて飛ぶだけの力はないよ』

確かに俺が抱っこできるくらいの大きさだから、俺たち三人を運ぶのは無理だな。

『そーだなぁ、ドラゴンとか怪鳥なんかになら交渉してあげられる。それ以外だったら、んー、魔獣を倒すとか、あ、魔獣や動物や人間に関係なく、悪い奴らから守るとかならいいよ』

ボディーガードってことか。それもアリだな。こいつ、強いし。

指からビーム出して、コウモリラプトルを一瞬で倒したんだし。

「よし、それでいい。商談成立だ」

『おいしいご飯、たくさん食べさせてよ？』

俺がそう言うとパウパウは、うんうん、とうなずいた。

「おうよ」

「パウパウ、いっしょにたびするぅ？」

ナリスがいつの間にかパウパウの背中に回り込んでいて、ぎゅっと抱き着いている。

こうやって見ると、ぬいぐるみに抱き着く子どもって感じだ。

『いいけど……ファイザリー王国は遠いよ？　ホントにそこまで行くの？』

「うん！　おうちあるから」

『そっか。でも、どうしてファイザリー王国なんて遠い国からこんなところにいるわけ？そっちの彼はピースリーの住人じゃないみたいだし』

「どらごんがぁ、ぱーーーんってやってぇ、ここまできたぁ」

『ドラゴン？』

「僕とナリスとコージを一度に吹き飛ばしたんだ。黒くて大きなドラゴンだった」

『へえ。それは災難だったね』

三人が話をしている間に、俺は一人で後片づけを始めた。鍋やフライパン、食器類を洗って、岩に並べて干す。それが終われば寝処《ねどこ》だ。思った以上に寒くなさそうなので、それほど心配しなくていいと思う。

木と木の間にテントを張り、枝を切り落として周りに置いたら多少の風よけになるし、ローズマリーやレモンバームとか、匂いのキツいハーブなんかは、蚊などの虫よけになる。まあ、気持ち程度だけど。燻《いぶ》せば効果が上がるが、火事になったら怖いから、それはやめておく。

パウパウを全面的に信じるわけじゃないが、聖獣だっていうし、ハーブを探してくるわずかな間くらいは任せていいかな、と。遠くに行くわけじゃないし。

森の中に入って二十分くらい歩き回り、セージとローズマリー、ミントを見つけた。それらを持って戻ってみると、なんだか険悪なムードなんだけど……アデルとナリスが。

「うわぁーーーん！」

ナリスがギャン鳴きなんですけど。どういうこと？

で、パウパウの姿が……ない！

あいつ、二人のボディーガードのくせに、どこ行きやがった。

「アデル、どうしたんだ？」

アデルが俺を見上げた。ずいぶんと怖い顔をしている。

「コージぃ！　コーージぃいいっ！　あーーーーーん！」

ナリスが抱き着いてきて、わんわん泣かれてちょっと困惑。だけどそれを見たアデルが奥歯を噛みしめたのがわかった。

「なにがあったんだ、パウパウは？」

「…………」

「アデル」

「僕、もう寝る」

「あっ、おいっ」

「あーーーーん！　あーーーーーーーん！」

ナリスの力が思ったよりも強くて、まずはこっちをなんとかしなくちゃいけない。

「ナリス」

「あーーーーーーーーーーん！」

声デカっ。

「ナリス、泣いてちゃわからないよ。どうしたんだ？　俺に話してくれよ」

「いやぁああっ！　にーたま、にーたまいじわるしたぁあぁっ！　きらいってぇ。やぁだぁああっ！」

アデルがナリスに意地悪？

「アデルがなにをしたんだよ。ナリスってば」

「うわーーーーーーーん！」

「ナリ──」

「うわーーーーーーーーーん!!!」

「ナ──」

「ああああああーーーーーーーーーーん!!!」

ダメだこりゃ。

「よしよし、泣くなよ。ナリスは王子様だろ？」

「いやぁー！　いやあぁーー！」

背中をぽんぽんしてもまったくダメだ。こういう場合、どうやってあやせばいいんだろう。世の親御さんと保育士の先生方はホントにすごいと思う。

とにかく、泣き止ませないと。

抱っこしたまま立ち上がり、背中をぽんぽんしながら周辺をゆっくり歩いた。軽い揺れが眠りにでも誘ってくれたらいいんだが。

耳元でずっとギャン泣きされて、なんだか耳がキーンとしているんだけど。

だが、さすがにこのパワーで泣き続けるのは無理らしく、間もなく声量が落ちてきた。そして、えぐえぐと小さな泣き方になり、最後はしゃくりあげるだけになった。

「ナリス、いい子だから、もう泣かないで」

「コージぃ……」

「うん、大丈夫だ」

「コージぃ……」

小さな声で俺の名前を繰り返すと俺の服をさらにぎゅっと握り込み、目を閉じて顔を強く押しつけてきた。

「ナリス？」

すうすうと規則正しい息が聞こえてくる。と同時にズシリと腕に体重がかかり、ナリスが完全に寝たのを実感した。

テントに入るとアデルが横になっていた。ナリスを隣に寝かせてからアデルを見るが、顔を背ける。話したくないようだ。そういう時は無理には聞くまい。

コーヒーでも飲むかな。

テントを出て、囲炉裏の前に座る。が、なんかこっちまで疲れて豆を焼くことすら面倒になってきた。仕方ない。明日のためにフェザースティックでも作るか。

細めの枝を引き寄せ、ナイフで薄く削いでいく。回転させながら削いで枝の先に集中させると、ヒガンバナみたいな感じに仕上がる。枝全体に毛羽立つように削ぐとモップみたいになる。

特になにも考えず、ぼんやりとしながら手先だけ動かしていたら、何本かできた頃に人の気配を感じた。見ずとも誰かわかるけど、あえてわざとらしく驚いたように振り返った。

「アデル、起きてたのか？」

アデルは無言でうなずいた。そして俺の横に座った。

「俺がいない間になにがあった？」

「………………」

「言いたくないなら言わなくてもいいけど」

「ナリスがペラペラと父上や母上のことを話すんだ。だから注意したら、口うるさくて嫌いだって言うからさ。だから、僕もお前みたいな王子の自覚のないヤツは大嫌いだって言い返した。そしたら泣きだしたんだ」

なるほど。

「いつも、先生たちから誰が聞いているかわからないから、護衛に守られていない時は、ファイザリー王国の王族だってことは言っちゃいけないって教えられてるのに、あいつはすぐに話しちゃうんだ。危険だって何度も何度も言ってるってのにさ」

「まだ三歳だろ？」

そういうアデルは、まだ七歳だけど。

「何歳だって、約束は守らないと」

「俺の世界では、約束は破るためにあるって言ったヤツがいるけど」

「え！」

「いや、約束は守らないといけないよな。人に信用してもらえなくなるし」

と、フォローを入れたら、アデルはほっとしたような息をついた。

「ナリスは調子がいいんだよ。みんな可愛がってちやほやするから」

ちやほやって……七歳児に言われたらなんだか身も蓋もないような。それだけアデルは厳しく躾《しつ》けられてるってことかな。

長男は次期王様だから、物心ついた時から厳しい教育を受けてきたとかなら、緩く育てられている（と、想像する）ナリスが腹立たしいのかもしれない。

「僕のあとについてきて離れないんだ。そのくせ、ちっともじっとしてなくて、騒いだり遊んだりして、僕の邪魔をするんだ。遊びたいなら、どこか違う場所で好きなだけ遊べばいいのに。当てつけてるみたいで腹が立つよ」

「それはアデルの傍にいたいからだろ？　大好きなにいちゃんの姿が見えるところにいたいんだと思うけど」

「だったら、僕の邪魔をせずにおとなしく、静かにしてりゃいいじゃないか。それに、仕方なく勉強を中断して相手をしても、母上なんかが来たら僕を無視して甘えて。僕をバカにしてるんだ」

そんなことはないんだろうけど。幼いから注意を引く者が現れたらそっちに行ってしまうだけだろうに。大好きなかーちゃんなら、なおさらだ。

でもアデルはそれすらも我慢してるんだろうな。自分だって母親に甘えたいのにって。

「そう怒るなよ」

「コージも、僕に、兄なんだから大目に見て、弟を大事にしろって言うんだろ？　わかってるよ。僕は……ずっと、これからもずっと、我慢しなきゃいけないことくらい」

「ちょっと聞くけど、一日でナリスと一緒にいる時間ってどれくらいだった？」

アデルは目線を空にやって考えている仕草をした。

もうあたりはだいぶ暗くなってきている。森の中だからなおさら暗いが、おそらく西の空の低い位置がオレンジ色に染まっているくらいだろう。

パチパチと焚き火が細かな火の粉を上げながら爆ぜている。さっき作ったフェザーステイック数本を火にくべた。

「三、四時間くらいかな」

「意外と短いな」

「当然だよ。僕は勉強とか、剣術とか、馬術とか、ダンスとか、いろいろやらなきゃいけないことがあって、遊んでる時間なんて少ないんだ。ご飯とか昼寝の時間帯とかは、ナリスとは違うし。ナリスが五歳になって勉強が始まったら、きっと顔を合わせる時間なんてなくなるよ」

「お父さんとか、お母さんは？」

「父上も母上も忙しいから、何日かに一回とかだよ。でも、ナリスは小さいからって母上の部屋で一緒に寝てる」

なるほど、それも腹立たしく思う理由の一つか。

弟ばっかりって思うんだろうな。

「昨日も今日もコージの邪魔ばっかりしてさ。なのに、身分を話しちゃいけない、約束だって言ってるのに、ぜんぜん守らない。ファイザリー王国の王子のくせに、最悪だよ。それに……」

アデルは、くっと歯を噛みしめた。

「僕、勉強も魔法もいい成績を取ってるんだ。でも、コージの役にぜんぜん立ててない。

ご飯も作れないし、荷物もたくさん持てないし。僕でこれだよ？　ナリスは騒いで、邪魔してばっかりでさ。完全にお荷物だよ」

「腹が立つ、か」

「コージ？」

　俺が反応薄だから不審に思ったのか、それとも同調してくれないから不満なのか、不機嫌そうな顔をこっちに向けた。

「ところで、パウパウはどうしたんだ？」

「パウパウ？」

「姿が見えない」

　アデルは何度かきょろきょろと周囲を見渡してから顔を横に振った。

「……わからない。ナリスが大泣きを始めたら、いなくなった」

　あいつ。

「でも、聖獣は気まぐれだから、飽きてしまったのかもしれない」

「気まぐれで、飽きた？」

「うん」

　ふざけんな。

「そっか。けど、パウパウはひどいな」

「メシと引き換えに、アデルとナリスを守るっていう俺との約束を守らなかった」

「どうして？」

「…………」

「腹立たないか？　アデル」

「そんなには」

「なんで？」

「だから、聖獣は気まぐれだから……」

「俺は腹が立つよ。約束したのに破るんだからさ。しかも、商談成立したんだ。俺がメシを与える代わりに、あいつはアデルたちの安全を確保するっていう。単なる口約束でも大事なことだろ？　俺はめちゃくちゃ腹立ってるよ」

強い口調で言い切った俺の顔を、アデルは驚いたように見ていたが、やがてなにかに気づいたように目を大きく見開いて、うつむいた。

しばらく無言だったが、ふいに顔を上げて立ち上がった。

「……なんか、眠くなった。寝てくる」

「そっか。おやすみ」

「おやすみなさい」

アデルは数歩進んで立ち止まった。で、振り返る。じっと俺を見つめるが、結局なにも言わずにテントに入っていった。

アデル、気づいてくれよ。同じように、『約束を交わした』のに、ナリスとパウパウでは気持ちの在り方が違っていることを。

ナリスに腹が立つなら、パウパウにだって怒らないといけない。パウパウが聖獣だから気まぐれってことで腹を立てないなら、ナリスだってまだ約束を守れる年齢じゃないんだから、怒っちゃいけないってこと。

でも、アデル自身もまだ七歳だ。子どもなんだ。それをわかれって願ってしまう俺も、無茶なんだ。けっしてアデルにどうこう言えるような立場じゃない。

「難しいのな」

思わず声が出てしまった。

子どもだってわかっていても、つい自分と同じ目線で話をしてしまう。七歳の子どもに、どう接していいのか戸惑ってる。

答えが欲しいのは、俺自身だよ。だって……右も左もわからない世界で、子ども二人を連れて、遠い国を目指して旅するなんて、途方もない。

あーー、俺がパウパウにムカついてるのは、聖獣だって理由で、頼ってしまったことなんだろうな。これで安心だって思ってしまってさ。

「ちぇ」

ゴロンと横になり、空を見上げた。

東京の空と大違いだ。星がすごい。山登りで見慣れているとはいえ、ここの空も絶景で、感動する。

明日も、頑張らないとな。


寒くて目が覚めた。

焚き火があったのでなにも羽織らず寝てしまったらしい。火が消えた途端、寒くなって起きるとは。真っ暗でなにも見えない。

時計のライトを頼りにもう一度焚き木に火をつける。一気に暖かくなり、ほっとする。

二人を起こすには早すぎるし、もう一回寝るか。

なんて思っている間にうとうとしていたようで、次に意識がはっきりした時には朝日が昇っていた。

腹減った、と思ってのろのろと起き、沢で顔を洗って歯を磨き、水を汲んで半分の分量を火にかける。朝食を作るためにガサガサやってたらアデルが起きてきた。

「コージ」

「おはよう。よく眠れたか？」

「うん」

「ナリスは？」

「まだ寝てる」

「起こしてきてくれよ」

「…………」

「アデル」

「……わかった」

まだムカついてるのか。意外と引っ張るな。寝たらけろっと忘れてくれるかと思っていたけど。

「コージ！」

「ん？」

息を切らせて駆け戻ってきたアデルにこっちが驚いた。

「どうかしたか？」

「ナリスの様子が変なんだ」

え？

「顔が真っ赤で、息が荒くて、熱くて」

聞いた瞬間、俺は駆け出していた。

テントにダッシュし、ナリスを抱き上げる。ぐったりしていて、体がやたら熱い。顔は赤く、汗をいっぱいかいている。

風邪でも引いたか？　とにかく冷やさないと。汲んできた水をテントに運び、タオルを濡らして、額、脇、太ももに置いて冷やした。

「ナリス、ナリス」

呼びかけるものの、目を開ける様子はない。けど、苦しげだが呼吸はしっかりしている。

焦るな、俺。山で病人と遭遇した時のために、応急処置の仕方は勉強しただろ。

「ナリス」

「……コー……ジ……？」

気がついた！

「しっかりしろ。水、飲めるか？」

体を支えて口元にマグを寄せてやると、二口、三口と飲んだ。

「どこか痛いところはあるか？」

「……うぅ、ん」

「寒いか？」

「うぅん……」

気だるそうだ。熱が高いから仕方がないか。

下山して、町か村か、とにかく医者に診せて、ちゃんとしたベッドで寝かせてやらないと。

「アデル」

「なに？」

「下山の用意をするからナリスを見ていてくれ。今より様子が悪くなったらすぐに呼べ」

「……うん」

俺はテントを出て急いで片づけをし、地図を広げた。

前の街には行けない以上、別のルートから下山しなければいけない。しかも最短ルートでだ。

地図の様子では、一番近い町は、西に向かって進み、マンガン王国に出たほうがいいみたいだ。ファイザリー王国への直線コースからは大きく逸《そ》れるがやむを得ない。

テントと寝袋も片づけ、アデルには悪いが多めの荷物をリュックに詰めさせてもらって、下山を始めた。仕方がないとはいえ、背中にバックパック、前にナリスというのはやっぱりキツい。

だが、幸いにも足場は悪くなく、三時間くらいで町にたどり着けた。

「コージ、まだどこも開いてないっぽいよ」

「医者なら急患《きゅうかん》対応くらいしてくれるだろう。当たって砕けろだ」

人気のない通りを進み、早朝からやってる店はないか探す。そこで医者がどこにいるか教えてもらおうと思っているのだが、まだ町の端っこみたいで、ホントに人の姿がない。

焦りが強まってきて、心臓のバクバクが激しくなってくる。

「コージ、あれっ」

アデルが指さす方向を見たら、カフェみたいな店があった。いや、パン屋かな。

急いで店に行き、中に入る。

「いらっしゃい」

小太りの人のよさそうなエプロン姿のおばさんが奥から出てきた。

「すみません、客じゃないんです。この子が熱を出したので、医者に診《み》せたいんです。どこに行けばいいでしょうか？」

「あらあら、大変。左の道をまっすぐ進んで、三つ目の辻《つじ》を右に行けば『ソーデン診療所』があるわ。診察は八時からだけど、ソーデン先生は急患にも対応しているから、ベルを鳴らせば出てきてくださるわ」

「ありがとうございます！　アデル、行こう」

「うん」

おばさんに礼を言って頭を下げ、教えてもらった診療所に急いだ。

距離的にはそれほどではないだろうが、前後に重さがあって、山から急いできたので、あともう少しだってのに一歩がキツい。

それは俺だけじゃなく、アデルも同じみたいだ。小さな体で俺のペースについてきたので、きっとヘトヘトのはずだ。

「あったぞ。もうちょっとだ」

「……うん」

はあはあと肩で息をしている姿が痛々しい。

頑張れ、アデル。もうちょっとだから。

ようやく到着し、ベルを鳴らした。

先生、頼むよ、早く出てきてくれっ。

静けさが続く。後方から蹄《ひづめ》と車輪がレンガの地面を踏みしめる音が聞こえてくる。それが目の前の建物と正反対すぎて、気持ちを下向きにさせる。

ダメ、か？

あまりに静かで、小さな音すら中から聞こえてくる様子もなくて、マジで心が折れそうになってくる。

「コージ」

アデルの不安げな呼び声に、反射的に手が動いていた。ベルを再度鳴らそうとしたら、キイッと音がして扉が開いた。

は、髭面の怖そうな中年のおっさん、じゃなくて、先生がいた。一目で先生だとわかったのは、白衣を着ているからだ。

「朝早くからすみません。子どもが熱を出したんです」

先生はだっこ紐の中でぐったりしているナリスに視線を落とした。

「入りなさい」

「はい」

先生についていって、診察室に入る。先生がベッドを指さしたので、ナリスを寝かせた。

それからはもうなにもできず、ただじっと見守っているだけだ。アデルが手を繋いできたので、ぎゅっと握り返した。

先生はナリスの目や喉を確認し、額に手をやったり、聴診器を胸にあてたり。水銀の体温計を脇に挟んで熱を測っている。

そうか、この世界はまだ水銀式なのか。俺もじいちゃんが持っていたのを見て知ってるだけで実際に使ったことはないけど。

しばらく待っていると、先生がこちらを向いた。

「二、三日様子を見て、熱の上下があるか、発疹《ほっしん》が出るかで病気を特定したいが……」

先生が俺をジロリと見る。頭から足まで。

「その様子では、旅の途中かな？」

「では、家に帰ってしばらく安静に、とは言えんな。ちょっと待ちなさい」

「はい」

先生は机に向かい、なにか書き始めた。

診断書？　けど、旅をしてる相手に診断書なんて渡しても、どうにもできないんじゃないかな。だったら、手紙？　滞在するのにどっか、宿屋とか、紹介してくれるとか？　であれば助かるんだけど。

書いた紙を封書に入れ、封蝋《ふうろう》で留める。そして振り返った。

「ここを出て北に進むと青い瓦屋根の建物がある。そこの主人にこれを渡しなさい。三日滞在し、熱の上がり下がりと発疹が出るかどうかを確認して、それらがあればまた来なさい。なければそのまま旅を続ければいい。脱水症状に陥らないよう、水分はしっかり与えるように」

「ありがとうございます。えっと、診察料、いくらでしょうか」

「今はいい。また来ないといけなくなったら、その時にもらう。行きなさい。早くゆっくり寝かせてあげなさい」

「すみません、ありがとうございます。失礼します」

俺はナリスを抱き上げ、先生に何度も礼を言って診療所を出た。

北に進んで青い屋根の建物、北に進んで青い屋根の建物……視線を左右に動かしながら歩いていると、右側の通りの先に見つけた。

「あった！　コージ！」

アデルも叫んだ。

「急ごう」

「うん！」

今までの疲れもぶっ飛んで、速足で進む。建物の前まで行くと、ここが宿屋であることがわかった。

扉に『シアタル亭』というプレート看板が貼り付けられていて、そこにはジョッキとベッドが描かれていた。

先生の知り合いを紹介してくれたのかと思ったけど、宿泊場所を教えてくれたのか。いや、先生の知り合いの宿屋、ってことかな。

扉にはノッカーがないので、いきなり開けてみた。

「すみません」

中は石畳の玄関で、正面にホテルのレセプションみたいなカウンターがあって、左右に廊下が続いているという造り。

右側は食堂へ、左側は宿泊の部屋へって感じかな。

「すみませーん」

もう一度呼びかけると、カウンターの奥の扉が開いて中年の女性が出てきた。ぽっちゃりしていて、なかなか貫禄《かんろく》がある。

女将《おかみ》さんなんだろうな。俺たちを見て胡散臭《うさんくさ》そうに顔を顰《しか》めたが、気にしている場合じゃない。

「朝早くからすみません。さっき、ソーデン診療所の先生に診てもらったら、ここに行ってこれを渡せと言われました」

封筒をカウンターに置く。女将さんは封筒を手に取り、封蝋を切って中を確かめた。そして大きなため息をつく。

「まったく先生は。うちは診療所の入院施設じゃないってあれだけ言ってるってのに。それに、はしかか風疹《ふうしん》の可能性が否めないって、ものすごい迷惑じゃないか」

「すみません」

「こっちにおいで」

言われてついていく。奥の端の部屋に案内された。

四畳くらいの大きさの部屋で、ベッドが一つ置いてあるだけだ。ガランとしていて、部屋というよりかは物を置いていない小綺麗な納戸って感じだ。

「この部屋を使いな」

「ありがとうございます」

礼を言って急いでナリスをベッドに寝かせた。その間に女将さんは立ち去っていて、俺たちがきょろきょろしてると戻ってきた。手には氷入りの桶《おけ》とタオルがあって、ベッド脇にある台に置いてから絞ってナリスの額に載せた。

それを見たら、なんだかものすごくほっとして、全身の力が抜けてしまった。

「コージ！　大丈夫？」

アデルの言葉で、俺は自分がへなへなと座り込んでしまったことに気づいた。けど、足にも腰にも力が入らなくて、立ち上がることができない。

「コージ」

「大丈夫……」

力なく答えると、女将さんがこちらを向いた。

「今日明日は満室で、ここ以外は空いてないんだよ。そっちのぼうやは屋根裏部屋で寝てもらうことになるけど、ベッドはあるから」

屋根裏部屋？　ベッドがある？

「もしこの子がはしかや風疹だったらうつるかもしれないし、もううつってるかもしれないけど、傍にいるのは得策じゃないからね。で、あんたのほうは、この子の看病があるし気にもなるだろうから、床にマットを敷くからそれで我慢しておくれ」

「ありがとうございますっ。でも、俺は寝袋を持っているのでマットは不要です」

「あら、そうなのかい。ならいいよ」

　女将さんの顔が少し緩んだ。

「えっと、宿泊代、どれくらいになりますか？　この国には来たばかりでまだ換金してないんです」

「お金はいいよ、宿泊部屋を提供するわけじゃないから。その代わり、手伝ってもらえないかい？」

「手伝う？」

「今も言ったように、今日明日満室なんだけど、先週うちの人が怪我しちまったもんだから、人手が足りなくて困ってるんだ。掃除でもなんでもいいから」

　なるほど、金より労働力が欲しいのか。それは俺としては大助かりだ。

「わかりました。滞在中はなんでもしますので言ってください」

　女将さんの顔がますます緩んで、こっちも安堵だ。

「この子の様子は手分けして見よう。そっちのぼうやは、今更だけどここには近づかないようにおし。それにできれば、ぼうやにも手伝ってもらえたらありがたい。人手はいくらでも欲しいところだから」

　女将さんが立ち上がって部屋から出るように指示するので、俺はバックパックを壁際に置いて従った。

「リマ、いるかい？」

女将さんが大きな声で呼ぶと、若い女性の返事が聞こえ、続けてパタパタと足音が近づいてきた。

「なぁに？」

現れたのは俺と年の近そうな女の子だった。女将さんとは顔が似ているので娘かなって思うけど、体型がまったく違う。女の子のほうはもっと食べたほうがいいと言いたくなるくらい痩せている。

……いや、彼女だけ見たら普通より細いかなって思うくらいかも。女将さんは貫禄がありすぎるから、目の錯覚を起こしているんだろう。まあ、頼りになりそうなムード満点の肝っ玉母ちゃんみたいで、俺個人としては安心するけどさ。

「まずはこのぼうやを屋根裏部屋に案内してあげてほしいんだ。こっちのお兄さんと二人、我々の手伝いをしてくれる」

「わぁ～助かるぅ～。私はリマ。ぼうやの名前は？」

「アデルです」

「そっちの彼は？」

「コージです、よろしくお願いします」

と、挨拶すると、女将さんがナリスのことを説明し、俺は女将さんに、アデルはリマさんにそれぞれついていき、別行動になった。

　連れていかれたのは食堂だった。宿泊客らしい人たちがちらほらいて、食事をとっている。満室だって言ってたから、これから賑《にぎ》やかになるのかもしれない。

「食器洗いを頼むよ」

「了解です」

　シンクにはすでにけっこうな数の食器が置かれている。逆に棚のほうはかなり減っている。これは早く洗ってやらないとマズい。

　桶に水を張り、スポンジに石鹸《せっけん》を塗りたくり、皿を洗っては桶の中に入れていく。桶がいっぱいになったら、水を出して石鹸を完全に洗い流す。それを繰り返す。

　それにしても驚いたのは、シンクの様子が俺たちの世界のものとほとんど同じだったことだ。この国は日本と同じくらいの給水設備が整っている。

　給水に必要な圧力を加えているポンプには、電力を利用して動かしているから、魔石なんかがこういうところで利用されているのかもしれない。

　ここに来るまでの町並みや馬車なんかを見るに、十八世紀の終わりから十九世紀の初めくらいのヨーロッパって雰囲気だった。アデルが言っていた『魔石は大事なところに使っている』というのを考えたら、魔石の使用は公共施設メインなのだろう。

　どんどん洗い物を進めていって、洗いあげたものを拭いたら棚にしまって終了だ。

「もう終わったの？　早いね。次は料理を盛りつけていってくれるかい」

女将さんが見本を作ってくれる。スープ、サラダ、パンはそれぞれの食器で、大皿にはスクランブルエッグと茹《ゆ》でたソーセージ、マッシュポテト、それから焼いたキノコ。あとはドリンク。ホテルなんかの洋食の朝食でよく見るものだ。

どれも大きな鍋やフライパンで大量に作ってあるので、盛りつけるだけだ。

「ここは俺がやりますんで、女将さんは別の作業に行ってもらって大丈夫ですよ」

「ホントかい？　そりゃあ助かる。玉子以外は足りると思う。玉子はなくなったら焼いて足してくれるかな」

指さされた場所に卵液がたんまり入った中型の寸胴鍋《ずんどうなべ》があった。

「了解です」

「頼んだよ」

ポンと俺の肩を叩いて女将さんは食堂を出て行った。

よし、頑張るぞ。

やってきた客が、玉子大盛りとかソーセージを一本多めにとか、いろいろ言ってくるのを適度にかわして捌《さば》いていく。カフェでのバイト経験が役に立ってるなぁ。

と、順調にやっていたが、でっかいフライパンに作られていたスクランブルエッグがなくなったので、作り足さなきゃと思った時だった。やってきたおっちゃんが文句を言った。

「これから玉子を焼くなら、かき混ぜないのにしてくれないかな。飽きちまったよ」

「へ？」

「仕事でこの町に滞在してんだけど、一週間、玉子だけはずっと同じで飽きてんだ」

なるほど。

「ちょっと待ってくれる？」

そう言ってから、小さなフライパンを手に取って火にかけた。温まったらバターを入れて、玉子液を流し入れる。

少し待ち、フォークで手早くかき混ぜながら、左手でフライパンを小刻みに揺さぶる。そして玉子液が全体的に鮮やかな黄色になったところで、中央にキノコを置いて、フライパンを斜めに傾け、包み込んだら形を整えて、ひっくり返すようにして皿に載せた。

そこにソーセージとマッシュポテトをセットしておっちゃんに差し出す。

「オムレツ。どう？」

「へえ、にいちゃん、器用だな。ありがとよ」

機嫌よくテーブルに行ってくれ、俺はスクランブルエッグを作ろうとでっかいフライパンの取っ手を掴んだ。が、すぐに次の客が現れた。

「俺もさっきの山型のがいいな」

「え？　山型？　あ、オムレツね。了解です」

さっきと同じ調子でオムレツを作り、朝食の皿をセッティングした。それからというもの、並ぶ人みんなにオムレツを所望されて終わった。

朝食を求めてくる人がいなくなり、食べている人だけになると、シンクにたまった食器をまた洗う。そしてそれらを布巾で拭いて食器棚にしまったところでアデルがやってきた。

「夕食の仕込みを手伝ってほしいって」

「夕食？　やっと朝食の客が終わったところなのに？」

「野菜をむいてほしいんだって」

なるほど。

「コージに伝言。朝食の片づけが終わったら、一階から三階までの廊下全部にモップをかけてほしいって」

「拭き掃除ね」

「ナリスがいる部屋の隣に、掃除道具とかいろいろ収納されてるから、それを使えって言ってた」

「了解」

アデルは浮かない顔でキッチン脇のドアまで行き、扉を開けて外に出て行った。すぐに戻ってきたが、大きな籠《かご》を持っている。中に入っているのはジャガイモだ。で、また外に出て、戻ってきたら大きな籠。今度は玉ねぎ。

もしかして、アレ全部むくのかな。大変だ。

俺は言われた通りナリスのいる部屋の隣に向かい、バケツとモップを取り出して掃除を始めることにした。

でも、やっぱナリスが気になるから様子を見に行くと、額にタオルを載せた状態で眠っていた。顔は相変わらず赤い。タオルを取って額に手を置いたらまだ熱い。

桶には氷が浮いた水があるので、タオルを浸してしっかり冷やし、絞ってまたナリスの額に載せた。

ただの風邪による発熱だったらいいのに。早くよくなってくれよ、ナリス。

音を立てないように気遣いながらそっと部屋を出て、拭き掃除を始めた。

三階建てでけっこう広い。今は廊下だけだけど、客が引けたら部屋も掃除するんだろうなぁ。こりゃ大変だ。

そんなことを考えていた俺は、モーターの音が聞こえてきて驚いた。

急いで音のほうに向かうと、コードレスで細長いタイプの掃除機をかけているリマさんを見つける。

掃除機？　十八世紀のヨーロッパ風景でモーター音を慣らす掃除機!?

「どうしたの？」

目を大きく見開いて絶句している俺に、リマさんが気づいて声をかけてきた。

「え……いや、その掃除機、すごいと思って」

「これ？　珍しいものじゃないけど？」

「どうやって動いてるの？」

指をさして聞くと、リマさんはきょとんとなって俺を見返す。

「どうって……」

「これ、魔石とか使ってる？」

「あ、そういうこと。使ってるわよ？　ここ、ここに魔石を入れるの」

言いつつ、手元に近いころっとしている丸い部分の蓋を開ける。中には銀色の石があってキラキラ輝いていた。

「魔石の多くは国や州なんかが買い取ってるんだけど、質の悪いものは引き取ってくれないのよ。でも質がいいものだって、そんなに高値で買ってくれるわけじゃないし、けっこう民間で売買してってね。うちは宿泊料金にあてることも可としてるから、かなり貯め込んでるわ」

「魔石の種類とか問わないの？」

「問わないわよ。質によって稼働の程度が変わるだけ。小さい物なら二、三個入れて混ぜて使うこともあるわ」

規格とかないのか……なんか、めちゃくちゃ便利じゃね？

アデルが、魔獣を狩るハンターは地位が高いって言ってたけど、確かにこんなに便利なものなら納得だ。

「魔石って色によって性能が異なるって聞いたんだけど、そうなの？」

「まぁ、そうね。一気に出力しちゃうタイプとか、低出力だけど持続するタイプとか。金色と銀色がオールマイティで、特別強力で持続力がある。それ以外は用途に合わせて使い分ける感じ。ただ、どの色でも澄んでいることが大事で、濁ってるか曇ってるものは質が悪くてすぐに力を失っちゃうし、動作も安定しないの。でも、それでも、ないより遥《はる》かにマシだけどね」

「これ、銀色だけど、レベルの高い魔石でしょ？」

「そうよ。うちのような宿業は清潔が大事でしょ、掃除機が動かないと困るの。だから、なるべく質の高い魔石を使うことにしてる。この魔石をセットしてからずいぶん経つけど、まったく動きが悪くなることがないわ」

なんか魔石ってのが、このピースリーって世界ではどんな存在で、どんなふうに活用されているのかわかってきた気がする。

「リマさん、リマさんは魔法って使えるの？」

「魔法？　使えないわよ。なんで？」

「いや、使える人を知ってるから」

そう言ったらリマさんはぎょっとしたように目を見開いた。

「魔法が使える人間って、ものすごく限られた存在なのよ。私も詳しく知ってるわけじゃないけど、国を支えるようにって、始祖《しそ》のドラゴンから力を分け与えられた存在だけが使えるって伝えられているの」

始祖のドラゴン？

「このピースリーを造ったとされる始祖のドラゴンが、一部の人間に力を与えたのよ。王族とか、教主様や法王様のような宗教関係者とか、特級レベルの能力を持って生まれたハンターとか。コージ、どこでそんな人と知り合いになったの？」

げげっ、気軽に言っちゃったけど、マズかったか。

「いやいや、知り合いってわけじゃなくて、知ってるってだけだよ」

「え……そうなの？　なんだ、驚かせないでよ。びっくりしたぁ」

「ごめんごめん。でも、そうなんだ、魔法を使える人間って極少なんだ」

うんうん、とうなずくリマさんに愛想笑いをして、俺は廊下の拭き掃除を再開することにした。

各国が魔石を使って国のインフラやらなんやらを維持しているってことは、それだけの数の魔獣がいるっていうことにもなる。

うーん、ピースリー、不思議な世界だな。

それにしても、アデルが魔法を使えるのは、王族だからか、なるほど。

でも、そうなると、魔法が使える存在はものすごく貴重であり、また立場も要人ってことだから影響力がある。七つに国が分かれているなら、それぞれ利害関係があるだろうし、友好的だったり敵対的だったりもするだろう。

アデルがあんなにも、ナリスに身分のことを口にしないよう注意するってのも、単純に王族って立場だけの話じゃなく、魔力なんかも含めて危険な目に遭う確率が高いってことなんだろう。

アデルとナリスをファイザリー王国に届けるのに、各国の国王とかに相談して協力を仰《あお》ごうかって気もあったけど、やっぱりこの案は却下だな。

「コージ」

いろんなことを考えながら拭き掃除に集中していた俺は、ふいに名前を呼ばれてはっと我に返った。

「アデル」

なんだか顔色が悪い？　いや、顔色じゃなくて表情が暗いのかな。

「どうかしたか？」

「…………」

「アデル？」

「ジャガイモの量が多くて、休憩しようかと思って……一緒にどうかなって……」

一人じゃ心細いのか。

「いいよ。なにか冷たい飲み物でももらおう。それからジャガイモ、掃除が終わったら手伝うよ」

「うん……」

やっぱ、暗いな。でも、ズバリ聞くのもなんだな。

「コージ、あの」

「ん？」

「……なんでもない。そうだね、喉、渇いたね」

二人して食堂に行くと、女将さんがいて、なにも言わないのに飲み物を出してくれた。

泡が立っているので炭酸系かな。

飲むとレモンの味がする。こんなところでレモンスカッシュが飲めるとは思わなかった。

魔石のおかげで冷蔵庫や冷凍庫もあり、氷もふんだんに保存されている。冷たくてうまい。

「おいしい」

アデルの表情がちょっと明るくなった。そんなアデルの顔を見ながら、女将さんがうっすらと笑っている。

「ジャガイモと玉ねぎはホントによく使うから、たくさんむくんだけど、疲れたろ。アデルは昼を食べたら部屋で休んでな。コージのほうは引き続き、バリバリ手伝ってもらうよ」

「僕も頑張るよ」

「いいねぇ、真面目で。気に入ったよ。ま、午後のことはまた考える」

「俺はなにをすればいい？」

そう聞くと、女将さんはニマリと笑った。

「あんたには頼みたいことがいっぱいあるよ。若い男手は大助かりなんだから」

げげげっ。


「さて、もうひと頑張り頼むよ。それが終わったら、昼ご飯にしよう」

女将さんの言葉で、俺たちはそれぞれ頼まれた作業に戻った。

それからは黙々と拭き掃除を続けた。

昼だと声をかけられて食堂に行くと、あんなにあったジャガイモの姿はなく、虚脱《きょだつ》したアデルが座っていた。残りは玉ねぎだけってことか。

手伝うつもりだったが、頑張ったんだな、アデル、偉い！

で、昼ご飯を食い終わったらアデルは屋根裏部屋に行き、俺はシーツと枕カバー、バスタオルの洗濯を仰せつかり、ひたすら洗濯機を回しては裏庭に設置されている竿に干す、という作業を繰り返した。

それが終わったらリマさんについていって、各部屋の掃除。

二階と三階で三十室ある。部屋には二台のベッドと小さな机が置いてあるだけで広くはない。

あとはトイレや洗面台だ。客は近くの大衆銭湯に行くので、各部屋に風呂はないとのことだった。リッチな客はこの先にある大型でハイソな宿屋に泊まるそうだ。

リマさんが床の掃除とベッドメイキングをしている横で、俺は水回りの掃除だ。

トイレと洗面台を綺麗に磨き、タオルを台にセットして終わりだ。

それを三十回するのは骨が折れる。けど、これを毎日している女将さんやリマさんたちはホントに大変だと思う。

ようやく全部が終わった時には、日が傾き始めていた。だけど休む暇もなく、今度は食堂で提供する食事の用意だ。

宿泊客の分だけではなく、居酒屋としてもやってるから、とにかくたくさんの料理の下ごしらえをするとのことで、俺はアデルがむいたジャガイモと玉ねぎをひたすら切る作業を担当した。

その横で、カレーでも作るような具材を鍋に入れて煮込む作業を始める。味つけに各種のスパイスをたっぷり入れてるから、ホントにカレーっぽい。

葉物野菜も大量に刻み、サラダも充実させている。ソラマメみたいな大ぶりの豆も茹でているし、リマさんはひき肉に玉ねぎのみじん切りを入れて練っているから、あれはハンバーグかな。それともミートローフ？

食堂に三角巾で左腕を支えている体格のいいおじさんが入ってきた。女将さんは、旦那さんが怪我をしたと言っていたので、この人がその旦那さんなのだろう。

「コージ」

女将さんに名前を呼ばれ、手招きされた。

「なんですか？」

「主人についていっておくれ」

言われて従い、案内されたのは敷地内にある倉庫だった。

「悪いな、これを運ぶのを手伝ってくれ。十樽運ぶんだ」

「了解です」

指さされたのはエール樽。確かに右腕を怪我していたら運べない。

「これに載せてくれ。俺も台を押すことはできるから」

「はい」

傍に置いている台車に二樽分載せると、旦那さんが押して倉庫から出て行く。俺はもう一台の台車にまた二樽載せてあとを追う。

食堂に樽を置くと、俺は二台の台車を押して倉庫に戻った。それをくり返して全部運んだ。

いやぁ、ホント、休む暇もなしだ。そういえばアデルが起きてこないな。玉ねぎをむき終わったら、さすがに疲れて部屋で休んでいるんだが。それにナリスの容態も気になる。忙しくてまったく様子を見に行っていない。

「コージ、アデルを呼んでおいで。客が入り始める前に腹ごしらえしておくほうがいい。混んできたら子どもの相手はできなくなるしね」

「わかった」

急いで屋根裏部屋に向かった俺だが、扉を開けるともぬけの殻で驚いた。

「アデル？」

どこ行った？

あれほど用心深いアデルが一人で出かけるわけがないだろう。ってことは建物の中にいるはず……と思ったら閃《ひらめ》いた。

急いで階段を駆け下り、建物の最奥の部屋に行くと、やっぱり、いた。

扉に背中をつけて三角座りをして、膝に顔をうずめていた。

「アデル」

「……コージ」

アデルの瞳が潤んでいる。

心配なんだな。ずっと暗い顔をしていたもんな。そうだよな、どんなにいろいろ文句を言っても、にいちゃんなんだから。

「大丈夫だよ」

　アデルの横にしゃがみ込んで、励ましてみるが。

「傍にいて看病したいっておばさんに言ったけど、うつる病気だったらいけないからダメだって言われて」

「女将さんは正しい」

「……わかってる」

「先生も三日間様子を見ろって言ってただろ？　医者が患者を傍に置かず、離れたところで休ませるってことは、危険な状態じゃないってことだよ。しかも、翌日また来いとは言わずに、三日後だ。たいしたことないんだよ」

「うん」

「アデル」

「けど、傍で様子を見られないのは……その……おばさんやおねえちゃんが時々覗いてくれてるのはわかってるけど、やっぱり僕が傍にいたいよ」

　アデルの肩に手を置き、少し手に力を入れた。

「とにかく、まずはメシにしよう。女将さんが用意してくれてる。食べ終わったら部屋に行って寝ろ」

「……眠くないよ」

そう言われたら返す言葉がないんだけど。

「食堂は不特定多数の人間が出入りする。なにかあったらいけないから、部屋にいてくれ。じゃないと、俺が心配だ」

「……うん」

「行こう」

アデルはこれには返事をしなかったが、立ち上がってついてきた。

食堂に戻ると、テーブルに食事が用意されていた。パンは焼きあがったばかりのようで湯気が立っている。二つに割るとふわりとイースト菌のいい香りがした。

スープ皿にはアデルがむいたジャガイモと玉ねぎ、それからニンジンとチキン、ゆでたまごが入っていて、味はトマトベースだ。

さっき煮ているのを見たスープと具材は同じなので、あのスープも最後はトマト味になるのだろうか。それとも別の味つけなのかな。どっちであってもスパイスが利いていて、うまい。

ハムやキュウリなんかがたくさん入ったポテトサラダや、一口サイズのハンバーグなどが皿にたくさん盛られている。どれもやっぱりスパイスが利いている。

アデルと二人でそれらを食べていると男がやってきた。顔を見ると三十代前半くらいに思うんだけど、日本人には西洋人風の外見から年齢をはかるのは難しいから、もっと若いのかもしれない。

身なりがとてもよさげで、セレブ感満載だ。

後ろにそのセレブよりは老けた男が二人いる。こちらはいかにもお付きって感じだ。

「お客さん、食堂はまだ開いてないいんですよ。申し訳ないけど、もう少し待ってもらえないでしょうかね」

女将さんがエプロンで手を拭きながら三人の男に歩み寄って、そう言った。

「いや、食べに来たんじゃない。メニューについて話をしに来たんだ」

「メニュー？」

「今日で八日目の滞在になるが、メニューに飽きてしまってね。今夜は今までにないものを出してほしい」

「そんな無茶なこと言われても。嫌なら他所で食べてきてくださいよ」

「なにを言ってる。食事込みで泊まっているだろ。他所に行ったら余計な金を使うことになる」

「この先にお金持ちが宿泊する宿屋がありますから、そこに移ったらどうでしょう」

「そこが嫌だからここに泊まっているんだ」

女将さんが顔を顰めている。旦那さんが怪我をして、ただでさえ人手が足りないのに、今からメニューを変えろと言われてもキツいな。

「お客さん、こちらの事情で申し訳ないですが、うちの人が怪我をしていてメニューを増やして対応するのは難しいんですよ。すべての料理が毎日一緒というわけじゃないから、昨日と違うのを注文してもらえないでしょうかね」

「いや、食べたくないものを無理やり口にする気はない。なにも宮廷料理を作れと言っているわけじゃないんだ。創意工夫で対応すればいいだろう」

無茶苦茶な言い分だな。まあ、どの世界でも無理を言うヤツはいるってことかな。

なんて思って眺めていたら、アデルが立ち上がってそのセレブのところに向かったので驚いた。

「おじさん、だったらコージの料理はどうかな?」

え? ええっ!?

「コージ?」

セレブの問いに、アデルが振り返って俺を指さす。

「シンプルだけどおいしいよ。僕も最初は見た目でガッカリしたんだけど、食べたらすごくおいしくて驚いたんだ。コージは珍しい味がする材料を持ってる。特にお味噌汁ってスープは不思議な味がしてとってもよかった」

「お味噌汁?」

「うん」

おい、アデル、そんなこと勝手に交渉してどうするんだよっ。

セレブがこっちを見ている。少し考えたふうな仕草をしたのち、俺のもとにやってきた。

それを見て、俺も反射的に立ち上がっていた。

「君、ここのメニューとは異なった食事を出せるのか？」

「えーっと……メニューって意味ではイエスと言えますけど、でもあの子が言っているのはキャンプ飯《めし》のことで、あなたが満足するかどうかは、ちょっと」

「キャンプ飯？」

「野外で料理をして食べるその料理のことです」

「野外……具体的には？」

具体的には……どう説明したらいいんだろう。というか、どっから説明すべきだ？

「山とか、河川敷とか、海なんかで、テントを張って過ごすことをキャンプっていうんですが、そういう場所で火を熾《おこ》して肉や魚を焼いたり、煮込んだりするんです。料理自体はここで出すものとそんなに違わないだろうけど、自分で作りながら食べたり、外での食事は普段とは趣向が異なったりするのでおいしく感じるんですよ」

「聞きたいのは、具体的なメニューだ」

具体的なメニュー……難しいな。

「臨機応変だから、これって決まったメニューはありません。食材次第です」

「そのキャンプ飯だと、私も作らないといけないのか？」

「いえ、それはないです。見ていてもらえたら充分ですし、そんな時間がないなら、言ってもらったらその時間に合わせて作って待っていますけど」

「よし、それで決まりだ。今夜は君の、そのキャンプ飯で行く。二時間後に戻ってくる。その時に作り始めてくれ」

え？

「作り始める？　作り終えてる、じゃなく？」

「ああ。キャンプ飯とやらがどんなものか、過程を見てみたい」

過程……

「ですが、調理している間ずっとだと、けっこう時間かかりますよ？」

「かまわない。見ているのも楽しみの一つだ」

……なるほど。

「では、そういうことで、よろしく、コージ」

セレブはお供《とも》を引き連れて颯爽《さっそう》と食堂から去っていった。

マジかぁ。

「コージ」

「ん？」

「勝手なこと言ってごめん」

「いいよ。女将さんも困ってたし」

と、言いつつ、女将さんに視線をやると、心配そうなまなざしでこっちを見ている。

そりゃそうだな。

「女将さん、食材を見せてもらっていいかな」

「いいけど……なんだか悪いね」

「それは大丈夫。キャンプ飯は慣れてるから、失敗はないと思う。けど、あの人の口に合うかどうかはわからない。こっちこそ、ダメだった時は話を拗《こじ》らせてしまうから、それが心配だよ」

するとと女将さんは、ふふふっと笑った。

「なるようになるさ。ぼうやが提案してくれなきゃ、まだゴタゴタやってたさ。私が礼を言わなきゃ。食材は好きなのを持っていけばいいけど、どこで料理するんだい？」

「この建物の裏庭を借りたい。穴掘ったりするけど」

「穴を掘る？」

「うん」

絶句する女将さんに、俺は庭を荒らすことを申し訳なく思いながら、うつむき加減にうなずいたんだが……

「あはははは、穴を掘る、ねえ。そりゃまた興味深い。いいよ、任せたんだから、好きにおし」

女将さんは笑って俺の肩をバンバンと叩いた。

「おう」

なにがいいか。肉か魚か、それとも両方か。ピザとかキッシュとかでもいいかも。

食材確認に冷蔵庫を開けたら、けっこうガッツリ肉があった。

あ！　骨付きリブ！

「女将さん、これは豚？　羊？」

「羊だね」

「じゃあ、フレンチラムラックにするか」

呟くように言うと、アデルが、

「フレンチラムラック？」と聞いてきた。

「骨が付いた塊のまま焼くんだ。豪快で映《ば》えるぞ。あとは……」

魚丸ごとに、貝に……アクアパッツァとか？

野菜も豊富だし、これだけ揃っていたらなんでも作れるだろう。でも注文に応じて作るには、女将さん一人では捌ききれないんだろう。

「バックパックを取ってくる」

「おう。頼むよ。バックパックを取ってくる」


よし！

「僕も手伝う」

「おう。頼むよ。バックパックを取ってくる」

ナリスが寝ている部屋に行き、様子を確認。タオルを冷やしてやろうと思って手に取ったが、冷たかった。リマさんがかえてくれてたみたいだ。

まだ少し顔が赤いかな、という気はするが、呼吸は安定しているし、心配なさそうで安心した。このまま完全に熱が下がって、元気になってくれたらいいんだけど。

でも、熱の上下や発疹のことを考えると、先生が言ったように三日は様子を見ないといけないのだろう。

ここには女将さんやリマさんがいるから、心配しなくていい。それはものすごく心強い。

バックパックを手にして食堂に戻り、アデルを連れて裏庭に出た。セレブが来るのは二時間後だが、下準備が必要だ。じゃないと、完成がえらく遅くなるから。

アデルと二人で穴を掘り、大きめの石囲炉裏を作る。それから火を熾し、薪をくべてうまく燃やし切って炭になったら、『熾火《おきび》』と呼ばれる安定した火加減になる。そうなれば料理がしやすい。

次にスタンドを作って、食材や鍋なんかを吊せるようにする。囲炉裏にかける網も、吊すための大きめの鍋も、全部借りられるから楽だ。

レシピは西洋系を考えているが、アデルが味噌汁の話をしたからスープだけは和風になるかな。

セレブが来たらすぐに取りかかれるように、食材や調味料、ハーブとか、調理道具を並べる。

テーブルと椅子を置き、皿やナイフとフォークもだ。

よし、いい感じだ。これでセレブがいつ来ても始められる。

心配なのは料理のデキじゃなく、セレブの生活事情だ。ハイレベルの生活を送っている人が、野外で食事なんて楽しめるのだろうか、そこが心配。

バタバタやってるうちにセレブがお付きを従えて現れた。

「へえ、ちょっとしたガーデンパーティーだな」

「そんな立派なものじゃないです」

「自己紹介を忘れていたな。私の名はアンドリューだ。よろしく」

「こちらこそ。お口に合うかわかりませんが、頑張ります！」

軽く握手を交わしてから調理に取りかかった。

それにしても、なんだかずいぶんフレンドリーな人だな。

ラム肉に塩とコショウをまんべんなく振って揉み込む。骨と骨の間は指を入れて強弱をつけて押す。

次に両端の骨にタコ糸をしっかり巻きつけ、遠火になるような位置に吊す。

あとは時々向きを変えるくらいであまり触らず、食事開始までゆっくりじっくり焼き込むだけだ。

焼けてくると煙に脂の匂いが混ざって、芳ばしくて食欲をそそるいい香りになるんだ。でも、脂が浮かぶ程度の距離で焼かないと、滴《したた》るくらい強かったら、食べる時にバサバサになってしまうから、気をつけないといけない。

まぁ、火加減を間違ってしまったら、アルミホイルを巻くって応急処置もできるけど。

次は魚だ。

この魚は見た感じスズキかなって思うけど、異世界だし自信はない。でも肉厚でうまそうだ。

ん？

次に取りかかろうとした時、視界に白い塊が横切った。

慌てて目で追いかけると、パウパウがアンドリューさんの背後で浮かんでいる。時折、アヒルのような翼をパタパタと羽ばたかせて。

しかも……なんかにやけてるんだけど。

「パウパウ！」

俺がぐちゃぐちゃ考えている横でアデルが叫んだ。

「パウパウ？」

アンドリューさんが言いながら振り返った。そして目を丸くした。

「聖獣がこんなところに。ぼうや、アデルだったかな、君の知り合いなのか？」

「え……あ、えっと」

返事に困ったアデルが俺の顔を見る。

なんと説明していいのか迷っているのだろう。

「山でキャンプをしていたら魔獣に襲われかけたんですが、それを助けてくれたんです」

と、俺が説明すると、アンドリューさんはまたまたびっくりしたように目を大きく見開いた。

「聖獣に救われたのか？」

「結果的には。キャンプ飯が食いたいから、交換条件だったんです」

俺たちがパウパウを凝視しながら会話を交わしている間に、当のパウパウは囲炉裏の近くまでやってきて、料理をガン見している。

『これ、食べたい』

鋭い鉤爪をフレンチラムラックに向けて言う。

……始まった。こいつ、ホントに食い意地張ってるな。

「ダメだ。料理はこちらのアンドリューさんたちに振る舞うためのものだ」

『食べたい』

「ダメだって」

『ナリスを守るから』

「よく言うよ。ナリスが泣きだしたら逃げたんだろ？　それに守る約束はナリスだけじゃなく、アデルもだ。もういいから帰れよ」

シッシッと手で払うと、アンドリューさんが待ったをかけた。

「聖獣との親睦《しんぼく》はとても貴重で吉事《きちじ》なんだ。追い返すなんてとんでもない」

ええっーー。マジで？

「それにこんなに可愛い聖獣は初めてだ」

『ホント？　可愛い？』

「可愛いよ。ふわふわの毛玉だしね」

俺の世界じゃこーいうのを『もふもふ』って言うんだけどな。

『パウパウっていうんだ。よろしく』

ナリスがつけたってのに、すっかり自分のモノにしちゃってるよ、こいつ。

「私はアンドリューだ。よろしく、パウパウ」

パウパウは右前足を上げてアンドリューさんと握手をし、彼の隣に座り込んだ。

まったく！　調子のいいヤツだよ。

「コージ、ぜひ、この子と一緒に食事をさせてもらいたい」

「わかりました」

俺の様子をアデルが心配そうに見ている。

大丈夫って気持ちをこめて小さくうなずき、俺は料理を再開させた。

フライパンにオリーブオイル、ニンニク、ローズマリー、唐辛子《とうがらし》を入れて火にかける。

香りが立ってきたら、下処理した魚を置いて、両面を焼く。そのまま煮込む方法もあるけど、焼き目のついた芳ばしいほうがキャンプには合う気がするから、俺は焼くようにしている。

皮をパリッとさせたいだけなので、火の通り具合は気にしない。

軽い焦げ目がついたら、切ったトマト、アサリとムール貝、黒オリーブ、白ワインを入れて遠火で煮込む。

出来上がったら、塩とコショウとレモンで味を調える。

次は食材に火を入れたグリルドシーザーサラダを作る。

一センチの厚さに切った紫玉ねぎと、半分に切ったマッシュルームを焼き、軽く焦げ目をつける。

スライスしたベーコンとバゲットも同様に焼く。カリッと焼けたバゲットは叩いてより小さくする。

レタスは大きめに千切って軽く火に炙り、紫玉ねぎ、ベーコンと合わせ、粉チーズとあらかじめ作っておいたマヨネーズ、ヨーグルトと混ぜて終わりだ。

もう一品。鍋に湯を沸かしてキノコを入れ、手持ちの細粒のダシを入れて煮る。

最後に味噌を溶かして汁物も完成だ。このメニューで味噌汁って、どうかなって思うけど、アンドリューさんも気になっているみたいだし、まぁいいだろう。

四人分のスープ皿や大皿などの食器に、切り分けたラムラック、アクアパッツァ、サラダ、味噌汁をそれぞれ盛りつけてテーブルに並べた。

「できました。味は足りなかったら、塩やコショウを振ってください」

「うまそうな香りと煙が芳ばしくていい感じだな」

アンドリューさんが目を輝かせながらラム肉を口に運ぼうとしている横で、すでにパウはかぶりついている。そして、おいしいを連発している。

もう呆れて言葉もない。

「んん、うまい。塩とコショウだけなのに」

「シンプルだけど、煙を被ることで炙《あぶ》られていい感じになるんですよ」

「このサラダも、生とは食感が違ってうまい」

「野外なんでね。新鮮な野菜を少し炙って食うと目先が変わっておいしさ倍増です」

アンドリューさんは、うんうん、とうなずきながら食っている。俺は次に着手することにした。

作るのはブルスケッタだ。

バゲットを薄切りにして軽く炙る。その上に載せる食材はなんでもいい。

今日は野菜系ではトマト、アスパラガス、マッシュルーム。魚介類ではツナ、エビ、イカ。肉類では薄切りの牛肉。

ツナ以外を網の上で焼き、バゲットの上に盛りつけていく。最後に塩、コショウ、オリーブオイルを振りかけて終わり。

ツナはみじん切りにした玉ねぎと一緒にマヨネーズで絡めてバゲットに盛りつけ、アクセントにディルを載せる。

「それもうまそうだ」

「お好きなのをどうぞ」

「キャンプ飯というのは、食材すべてに火を入れるのか？　サラダなんかも」

「いえいえ、自由です。決まりはないです。キャンプ飯って、大勢ならみんなで火を囲んでワイワイ楽しみながら料理して食べるのが目的だし、一人なら自分の好きなようにするのが楽しみだし」

「キャンプとは、参加者みなで楽しむものなのか」

「さぼるヤツもいるでしょうけど」

おどけたふうに言うとアンドリューさんは、ははっと声を出して笑った。

「俺は可能な限り火を使っています。でも囲炉裏が小さくて火にかける場所がない場合や、新鮮なものなら野菜や果物はそのままでもいいと思います」

アンドリューさんは「なるほど」と言って、何度もうなずいた。

「果物も焼くのか？」

「バナナとかリンゴなんかは、焼くと甘みが増すんです。特にバナナなんてとろみも出ますから」

「そうか」

「今日は焼きリンゴを作ろうと思います」

リンゴの芯をくり抜いて、中にバターを入れる。軽く砂糖を振り、一つずつアルミホイルで包んで遠火になるよう網の上に置く。

パウパウは『うみゃーうみゃー』って言いながら肉を食いつつ、リンゴをガン見している。

外見が子ライオンみたいだから、大きな猫がメシ食いながらにゃおにゃお騒いでるって感じだ。とはいえ、先っぽにピンポンボールみたいな丸いものが付いてる触角が、子ライオンじゃないことを示してるけど。背中のアヒルもどきな翼も。

だけど鋭い鉤爪で、よく器用にナイフとフォークを使うことができるもんだ。

しばらくアンドリューさんたちを眺めて、焼きリンゴができた頃合いを見計らい、皿に取ってアルミホイルを開いた。

ラップとアルミホイルは便利なので必ず持参するが、今回も役に立った。

「おお!」

と、どよめきが起こる。たかが焼きリンゴなのに。

リンゴの甘酸っぱい香りと、バターの匂いが混ざってなんとも言えない芳しい香りを放っている。それにところどころ皮がわずかに焦げ、適度に崩れた感じがいい。

俺が食いたい! そう思っているのは俺だけではないよな。隣のアデルも食い入るように焼きリンゴを見つめているから。

俺はアデルの背をポンと叩いた。

「コージ?」

「明日、作ってやるから」

「! ありがとう。あ、熱が下がったら、ナリスにも」

「わかってるって」

親指を立て、ぐっと押しだすと、アデルも同じように親指を立てた。

横ではアンドリューさんとパウパウが、甘い、うまい、って騒いでいる。

「確かに焼くだけでこんなに味が変わるなんて知らなかったな。シェフに言ってメニューに加えさせよう。コージ、私はまだ一週間ほどこの町に滞在する。その間、夕食は君に作ってもらいたいが、いいかな」

「料理をすること自体はぜんぜんかまわないのですが、でも、連れの病気の具合次第では、一週間もここにはいないです」

「どういうことだ？」

　ナリスのことを簡単に説明すると、アンドリューさんは少し考えたふうに顎に手をやりながら上を向いた。それから顔を戻し、提案を口にした。

「では、そのぼうやが治ってから私がここを発つまでの間、君を雇うことにする。滞在の間の部屋代も私が持つ。それでいいだろう？」

　おいおい、俺の話、聞いてた？　俺たちは早くファイザリー王国に向けて出発したいんだ。金の問題じゃない。

　だけど……この人が満足してくれれば、女将さんたちへの恩返しになるかな。

「コージ」

「ん？」

　アデルが小声で名前を呼ぶので、顔を近づけた。

「僕はいいよ、ちょっとくらい出発が遅れても。長い旅になるわけだし、ここで少しくらい足止めになってもたいして変わらないでしょ？」

それはそうだが。

「わかりました。では、アンドリューさんが滞在中は僕が料理担当としてお世話させてもらいます。その代わりと言ってはなんだけど、ここの宿のこと、悪く思わないでください」

「もちろんだ。むしろ、臨機応変に対応してくれる、いい宿だと周囲に勧めさせてもらうよ。それでは明日またよろしく」

握手を交わすと、アンドリューさんは残っているエールを飲み干し、お付きの人たちと一緒に宿の中に戻っていった。

なんとかピンチは脱したみたいだ。

片づけを終えて勝手口から調理場に入ると、女将さんたちが待ち構えていて、アンドリューさんの機嫌を損ねず事なきを得たことを喜んでくれた。

その後、俺とアデルは女将さんちの家族用の風呂を貸してもらい、湯船に浸かってくつろぎ、部屋に行って寝ることになった……んだけど、アデルが俺の服の裾を掴んで離さない。

「アデル？　どうした？」

「…………」

「アデル」

「なんでもない。おやすみなさい」

トボトボと元気なく歩いていく後ろ姿に胸が痛む。心細いんだろう。だけど、今はナリスが気になるから。ごめん。

申し訳ない気持ちでナリスが寝ている部屋に行くと、床に敷かれたマットにうつ伏せになって本を読んでいるリマさんがいた。

「あ、お風呂あがった？　ナリスの傍には私がいるから、コージはアデルと一緒にいてあげてよ」

「…………」

「コージ？」

なんか、泣けてくる。

「リマさん、ありがとうございます」

「お礼はこっちが言うほうよ。コージのおかげであの人の機嫌を損《そこ》ねず助かったんだから。母さん、あんな性格だから強気で言い返してたけど、実際はかなりビクビクしてたと思うから」

「評判悪くなったらいけないもんね」

するとリマさんは首を左右に振った。

「あのお客さん、身分を隠してるけど、バラック侯爵様だと思うの」

「侯爵？」

「ここはアンバー州なんだけど、バラック侯爵様は隣のクリスタ州の領主なのよ」

「お忍び旅行だから、身分を隠してるってこと？」

リマさんはまたかぶりを振った。

「ううん、違うわ。今月初めからこの先で大掛かりな治水《ちすい》工事が始まったの。でも、大きな事故があってね。かなりの数の死傷者が出て、先週から指揮を執《と》る顔ぶれが変わったって工事に携わっている人たちが話していたわ。きっと事故を受けて、国王陛下がご命じになったんだわ。バラック侯爵家は代々、灌漑《かんがい》施設の整備とか治水治山工事なんかの土木関係に精通していて、国王陛下から絶大な信頼を得ているから。もしあの人がバラック侯爵様だったら……そんな方の機嫌を損ねたら、あとが怖いわよ」

確かに。地位のある人間は本人の意向もあるけど、周りの人間の忖度からの影響も大きいから、この宿が侯爵の不興《ふきょう》を買ったなんて噂が立ったら確かに大変だ。

「侯爵様の機嫌を損ねた宿と、お気に召した宿では雲泥《うんでい》の差よ。ホントにありがとう」

「いやいや、そんな」

「だから、ナリスの傍には私がいるから、コージはアデルの傍にいてあげて」

「リマさん、ありがとう。助かるよ」

俺はリマさんに頭を下げ、バックパックを掴んで急いで屋根裏部屋に向かった。

ノックを二回。少し待つと扉が開いた。

「コージ？　どうしたの？」

驚くアデルに、にこりと微笑んでみせる。

「リマさんがナリスを見てくれるって。だから俺はここで寝ることになった」

「ホント？」

「ホントホント」

ぱっとアデルの顔が明るくなって、こっちまでうれしくなってくる。

部屋に入り、バックパックから寝袋を取り出した。全開にして床に置き、寝転がったらアデルがくっついてきた。

「アデルはベッドで寝ろよ」

「ここがいい」

「えーー」

「ここがいい」

ぎゅっと抱き着いてくる。

やっぱ、子どもだな。そういう俺も成人してるとはいえ、まだ大学生で社会人じゃないけど。

「ねえ、コージ」

「ん？」

「コージにはきょうだいはいないの？」

「おう、一人っ子だ」

「これからできる予定はないの？」

それはなかなかの質問だな。

「ないなぁ」

「一人だと、父上や母上を独り占めできたんじゃない？」

「んー、どうだろう。子どもたちで親をどれだけ自分に向けるかって意味なら、独り占めにはできたんだろうけど、俺の父親は仕事が忙しくてほとんど家にいなかったし、母親はものすごく干渉してきてウザかったから、俺、逃げてたし」

「逃げてた？」

「うん。じいちゃんの家が近かったから、そこに逃げ込んで、じいちゃんと一緒にいたよ」

「コージの母上はお仕事してなかったの？　僕の母上はお仕事たくさんあって忙しくて、顔を合わせる時間が少ないんだ」

そりゃあ王妃様だもんな。公務とかあって忙しいと思うよ。

「俺の母親は簡単な仕事はしてたけど、基本、家にいたな。小さかった時はうれしかったものの、大きくなるほどにうっとうしくなってさ。アデルみたいに一日のうちであんまり顔を合わせる時間がなかったら、一緒にいたいって思うのだろうけど、俺んちみたいにずっと一緒にいるとなったら、離れたいって思うんだよ。人間って勝手だよな」

「ホントだね。僕からしたら、コージのこと羨ましいって思うのに」

「俺からしたら、アデルが羨ましいって思うけど」

互いに顔を見合い、ふきだして笑いあう。その笑いが落ち着いたら、俺の服を掴んでいるアデルの手の力が強くなった。

「ありがとう、コージ。僕のせいでとっても迷惑な目に遭ったのに、僕たちのために頑張ってくれて。無事に帰れたら、父上にたくさんお礼をしてもらうように頼むから」

「サンキュ。楽しみにしてるよ」

アデルはにこっと笑うと、そのままスーっと眠りに落ちていった。

明日も頑張らないとな。

もしアンドリューさんが本当に侯爵なんてすごい人だったら、ファイザリー王国に行く楽な方法の手伝いとかしてくれないかな。アドバイスとか。

まぁ……どれだけ距離を縮められるか、かな。

とにかく、今は目の前の案件を無事にクリアしないと……


ふっと意識のピントが合い、目が覚めた。

「コージ？　朝？」

俺が身じろぎしたからアデルも起きたようだ。

「みたいだ。おはよう」

「うん、おはよう」

互いに朝の挨拶をしつつ起き上がり、二人一緒に下りていく。で、驚いた。

食堂には女将さんファミリーと思しき人たちが集まっていたのだが（女将さん夫婦と、リマさんと見知らぬ男二人がいる状況）そこにナリスがいたからだ。パウパウの背に馬乗りになっている。

「ナリス！　熱は下がったのか！」

「あい！」

元気いっぱいの返事をするが、起きていいのかよ。

そんな俺の感情はくっきり顔に出ていたようで、リマさんが苦笑しながら、

「小さな子はいくら言っても無理なのよ。でも、もう大丈夫だと思うわ。パウパウが魔法を使ったから」と。

マジで？

「……聖獣って病気を治せるのか？」

『治すんじゃなくて、体の中にある悪いモノをやっつけて綺麗にするだけ』

それを『治す』と言うんじゃないのか？

『ナリスを守るって約束で昨日のご飯食べたからね』

確かに。

「じゃあ、アデルが傍にいても大丈夫だよな？」

『もともとうつるモノじゃなかったし、平気だよ』

「パウパウのおかげーぇ！」

大音声だ。元気復活が本当だってことだけじゃなく、風疹とかはしかとかの心配もないって、マジよかった。

「アデル、もう別々の部屋にいなくていいみたいだぞ」

「…………うん」

アデルの肩が震えている。そして、ぐすっとしゃくりあげた。

「にーたまぁ！」

たたたたっとナリスが駆け寄ってきて、ばふっと抱き着いた。油断していたのか、反動でアデルが尻もちをついた。

「どけよ、重いだろ」

「えー、やだぁ」

「どけって」

馬乗りになっているナリスは、そのまま倒れ込んで再度アデルに抱き着いた。

「にーたま、いなかったっ」

「なに？」

「いなかったぁーー！」

うわーーんと大音声で泣きだし、アデルにしがみつく。アデルはなにが起こったのかわからないといった感じで目を白黒させている。

「昨夜ね、何度か目を覚ましたの。その時、アデルがいないって言って泣いてね。きっと心細かったのよ」

リマさんの言葉がズンと胸に深く沈んでくる。これが兄弟姉妹《きょうだい》の絆《きずな》なんだろうな、と思う。

アデルも今の話を聞いて、驚きの表情から考え込むような神妙なそれに変わった。

アデルだって不安だったんだ。弟がどうにかなってしまうんじゃないかって、ずっと暗い顔をしていたんだから。

「もういいから。痛いよ」

「にーーーたまぁーーーあ！」

「うるさいって」

「にーたまぁ」

「わかったって。もう騒ぐなよ。みんなに迷惑だろ」

叱られてナリスが口を閉じ、だけど涙はすぐに止まらなくてえぐえぐやっている。

アデルはナリスを腰の上に乗せたまま起き上がり、それからぎゅっと抱きしめた。

「僕だって心配したんだ。このまま死んじゃうんじゃないかって。いなくなっちゃうんじゃないかって」

「にーたま？」

「怖かったんだ」

「こわかったたぁ？　おばけでた？」

「バカ、違うよ。まったくもう！　でも、お相子《あいこ》だから、もう泣くなよ」

「……うん」

兄弟愛だとジンとなるが、俺以外の女将さんファミリーも同じみたいだ。けど、いつまでも浸っていられない。今日も昨日同様、掃除や洗濯が待っているんだから。

「さあさあ、朝ごはん食べて仕事にかかるよ」

はーい、と各々返事をし、朝食をとる。そして今度は宿泊客のための朝食を用意する。

昨日と異なって、掃除は息子二人が担当し（昨日は一日がかりで隣町まで仕入れに行っていたそうだ）俺は女将さんと一緒に料理の下準備をする役目を仰せつかった。

料理上手と思われたみたいだけど、単にカフェでバイトしてただけだし、キャンプ飯を作るくらいなんだけど。

アデルはナリスの子守りだ。

とはいえ、ナリスがおとなしくしているわけもないので、俺たちの目の届く食堂にいさせることに。

アデルのジャガイモの皮むきは貴重な労力なので頼みたいんだが、そうなるとナリスも自分もなにかしたいとゴネることは火を見るよりも明らか。

どうしたもんか……と思ったが、名案が閃いたのでパウパウに少しの間、面倒を見てくれるように頼んだ。

「コージ、なにをするの？」

ジャガイモをテーブルに運んでいるアデルが、近くに来た時に聞いてきた。

「へへ、ナリスにも手伝ってもらうための料理だ」

ボールに強力粉と薄力粉を同分量と、ひとつまみの塩。そこに熱湯を加える。

粉と湯が四対三くらいの配分だから、けっこう柔らかいかな。

今回は強力粉と薄力粉、それぞれ百グラムずつ、計二百グラムなので、熱湯は百五十グラムだ。

ざっくり混ぜてから台に取り出し、よく捏《こ》ねる。で、乾燥しないように濡れ布巾をかけて三十分ほど寝かせる。

その間に具材作りだ。

キャベツを粗みじんに切り、ボールに入れて塩を振っておく。

次にキノコとネギもみじん切り。

で、切ってる間にキャベツから水が出てくるから、その水を絞っておく。

ボールに豚のひき肉を入れ、塩、白ワイン、おろしニンニク、おろしショウガ、油、ブイヨンスープ少量を入れてひたすら捏ねる。

もう見る人が見たら餃子《ぎょうざ》だってわかるだろう。味つけ的には餃子というよりラビオリって言うべきなのかな。でもまぁ、親しみやすく餃子でいいと思う。

そういうわけで、ナリスには餃子の皮を包むミッションを与えるんだ。きっと喜んでやってくれると思う。

ふふふ、目を輝かせるナリスの顔が容易に想像できる。

ひき肉が糸を引くほど捏ねたら、そこに野菜を投入。さらに混ぜる、混ぜる、混ぜる。腕がだるい〜。

「よし！　できた。ナリス！」

「あーい」

「お前の出番だぞ」

「ナリスのおしごとぉ？」

「そうだ。ガンガン活躍してもらうぞ」

「やったぁー！　ナリスのおしごとぉ！」

テーブルに材料を運び、ナリスを座らせる。俺は餃子の生地を棒状にして適度な大きさに切り分け、その一つを麺棒で丸く伸ばした。それを二枚作る。

「いいか、ナリス。俺がこういうのを作ったら、お前はこいつに具を入れて、こんなふうに半月にくっつけて、真ん中を少しだけ寄せて、ひだを一つ作る。で、皿にはひだを真上にして置いて、きゅっと押して安定させる。わかったか？」

「あい！」

「ホントかよ。もう一回やるからよく見てろよ。皮の中央に具を置く。このスプーンに一杯だ。で、周りをくっつけて半月にして、真ん中を寄せてひだを作り、ひだが上を向くようにぽてっと置いて、軽く押して安定させる」

「わかったぁ！」

「ナリス、めちゃくちゃ重要な任務だから、しっかりやれよ。もし穴が開いたら、おいしさがその穴から流れ出て、マズくなるんだからな」

「やる！」

「大丈夫だな？」

「だいじょうぶぅ！」

重要任務を任されたと思ってか、顔がキリッと引き締まった。

わかりやすいな。

俺は皮を作るために麺棒を操って生地を丸く伸ばしていく。

「あうー」

「どうだ？　無理っぽい？」

と、聞くと、怒ったように眉をつり上げて睨んできた。

「だいじょうぶだってぇ！　ナリス、やるっ」

「そっか。頼んだぞ」

「あい！」

小さい手ではなかなかうまくいかないのか四苦八苦しているけど、最初だけだ。数枚やったらコツを掴むだろう。

俺は俺で皮作りに集中する。

俺の計算では三十枚には届くまいってな数になる予定なんだけど、気を抜くと薄くしすぎて破ってしまいそうになるから注意が必要だ。

ひと席あけてアデルがジャガイモの皮をむいている。目が合って、互いにニマリと笑った。ナリスの真剣な顔が微笑ましいからだ。

するとアデルがナイフを置き、親指を立てて小さくぐっと手を押した。俺も左手でそれに応じる。

こうして俺たちは半日、それぞれの役割に没頭《ぼっとう》した。

そろそろ夕方って時刻。ふんふんふん♪　と機嫌よく料理をしていたらアデルが横にやってきた。ナリスはテーブルに向かって絵本を読んでいる。

「なにを作っているの？」

「冷たい野菜のサラダ。スープしみしみサラダって感じかな」

「しみしみ？」

「ああ。野菜にブイヨンスープがじゅわってしみ込んでるって意味」

「へえ」

目を輝かせて感心しているアデルに満足感を抱く。

でも、マジでうまいんだ。なのに作るのは超簡単。日本の夏にぴったりなんだ。

本来はカツオと昆布《こんぶ》のダシ（めんつゆでもいい）で作るんだけど、ここにはそれらがないからブイヨンスープで対応する。

まず、ブイヨンスープに、フランベしてアルコールを飛ばした白ワインを加えて、塩とコショウで味を調えておく。

次は野菜の下準備だ。

ナスは皮をむいて茹でて柔らかくする。レンチンでもいい。焼きナスの要領で皮を焦《こ》がしてむいたら芳ばしさが出るけど、それでは手間がかかるから、するしないは好みだな。

完熟トマトはヘタの部分を取り除いて、沸騰した湯に浸け、皮が捲《めく》れてきたら取り出して完全に取り除く。

オクラとかピーマンとか、緑のものがあれば、それにも火を通しておく。

で、すべてをブイヨンスープの中に浸け、放置。粗熱が取れたら冷蔵庫に入れて冷やす。

たったこれだけだが、めちゃくちゃうまいんだ。トマトもナスも、噛んだ瞬間、スープの味と野菜の旨味がジュワっと出てきて、口いっぱいに広がる。冷たいから喉越しも最高だし、野菜だから味は爽やかで優しい。

和風の場合は、細粒のダシかめんつゆを適量用意する。そこに、煮切りした日本酒とみりん、少量の醤油を入れる。これ、そうめんとも合うんだ。

中華風なら、ベースは鶏ガラスープ、酒は紹興酒《しょうこうしゅ》になる。

ようはスープに浸してよく味をしみ込ませて、ガッツリ冷やせばいいだけのことだ。

「これは今夜のサラダ？」

「いや、明日の夕食に出すつもり」

「明日なのか」

ちょっと残念そうなアデルの頭をガシッと掴んで撫でた。

「一度に一気に楽しむのもいいけど、少しずつにして継続させるのもいいだろ？」

「うん」

アンドリューさんには大満足してほしい。それはきっと女将さんたちにとって大きなプラスになると思うから。

リマさんの言葉が本当かどうかはわからないけど、アンドリューさんの身なりとか雰囲気とかは確かにちょっと普通と違う気がして、身分の高い貴族というのは納得のところだ。

だけど、であればわざわざそれを隠して接してくるんだから、ヘタに忖度《そんたく》してヘコヘコしないほうがいいだろう。

日が傾き、あたりがオレンジ色に染まり始めたので、裏庭に出て炭を作り始める。勢いよく燃える薪が黒く焼けて炭になってくると、炎は安定して熾火となる。

そこに網を置き、鍋に湯を沸かす。

食材を確認していたら、なんと米が見つかった。日本人に馴染んでいるものじゃないけど、米は米だ。これでパエリアを作ろうと思う。

けど、リマさんが、俺があまりにも米を見て喜んでいたので不思議に思ったそうで、その理由を聞いてきた。で、事情を話したら日本の米っぽいのを探してくると言ってくれた。

楽しみだ。

本当は和風に揃えて肉じゃがを作りたかったが、魚醬《ぎょしょう》しかなくて、思ったような味にならないと思い、やめた。

やっぱり日本食の味つけをするのは、なかなか難しい。

食材は問題ないものの、調味料が揃わない。欲しいのは日本酒、みりん、醤油、昆布だし、かつおぶし、などなど。

ちなみに、米と一緒にスパゲッティも見つけたので、これは明日使おうと思っている。

「コージぃ、ナリスのおしごとはぁ？」

絵本に飽きたみたいだ。ナリスがやってきて、俺の服の裾を引っ張った。

「ナリスはさっき頑張ったじゃないか。まだなにかしたいのか？」

するとナリスは顔を左右に振った。

「ちがうー。ナリスがしたぁ、むぎゅむぎゅさんかくぅ」

むぎゅむぎゅさんかく……餃子の新たな名称誕生かな。

「アンドリューさんが来たら焼くから。おいしいって絶対喜んでくれると思うよ」

「おいしいーぃ？」

「絶対」

「ナリスのはぁ？」

「ナリスもお願いしていくつか分けてもらおうな」

「あい！」

餃子には下味をしっかりつけているから、そのまま食べられる。ナリスにも食べやすいはずだ。

「コージ」

「お、アデル。どうした？」

「もうすぐアンドリューさんが来るって。バロアさんが伝えに来てくれた」

バロアさんってのは、アンドリューさんにいつも付き従っている人だ。

もう一人のお付きはエブゼラさん。二人とも四、五十歳くらいに見える、物静かな人たちだ。

「じゃあ、そろそろ始めるか」

ダッチオーブンを見つけたので、今日はこれを使わせてもらうことにした。調理場から鍋やフライパン、それから食器を運ぶ。それまで寝ていたパウパウも起き上がってついてきた。

そうこうしている間にアンドリューさんがやってきた。

「やあ、コージ、もう始めてしまったか？」

「来られるのを待っていました」

アンドリューさんはにこやかに微笑みながらやってきて、俺の正面に座った。その隣にはパウパウが陣取る。

「今夜はどんな料理かな？」

「まずはローストオニオンスープを仕込みます」

「ほう、それは楽しみだ」

ダッチオーブンの中に、玉ねぎのヘタを落とし、皮をむいててっぺんに浅く十字に切り目を入れる。その上に塩とコショウをひとつまみずつ載せる。

玉ねぎの高さの半分から少し上くらいまで、ブイヨンスープを入れて蓋をし、その上に炭を置いて上下から熱を加える。

「これで仕込みは終わりです」

今日はブイヨンスープを使ったけど、ホントのキャンプなら水で充分。まあ、固形スープを用意していれば便利だけど。

あとは玉ねぎが鍋に当たっているところが焦げて、旨味と焦げの芳ばしさを発揮して、なんの手も加えてないのに、すんごくうまいローストオニオンスープが出来上がるってわけだ。

キャンプじゃなく家でやりたかったら、オーブンで加熱するか、玉ねぎの表面を直火で軽く焦がしてからじっくり煮込むか、かなちなみに、普通のオニオンスープでめちゃくちゃ簡単な作り方がある。

玉ねぎを薄くスライスし、冷凍する。カチカチに凍ったら、そのままフライパンで熱する。

溶けるまでは若干時間がかかるけど、溶けてバラバラになったらあっという間に水分が飛ぶので、白ワインか日本酒を適度に加えて焦げないように焼く。

分量にもよるものの、十五分か二十分くらいで色づき始めるので、飴色になったら水を加える。

あとは、味つけ。よりブイヨンの味が好きなら固形スープや細粒スープの素を入れればいいし、オニオンの味だけでいいなら、塩とコショウだけで充分だ。

スライスしたバゲットと溶けるチーズを載せてオーブンで焼いてもいい。

とにかく玉ねぎは冷凍したら、あっという間に飴色になるからお勧め。カレーでもいいな。甘くてコクの深いカレーができるよ。

「次も仕込みです。パエリアを作ります」

「パエリア？　なんだろう。想像もつかない」

俺は、ふふふっと笑って料理を始めた。

サフランがあれば、ぬるま湯に入れて色を出しておく。なければ水で充分。

フライパンにオリーブオイルをしき、みじん切りしたニンニクを入れて炒めて香りを引き出す。

「ん～、いい匂いだ。もとより空腹だったが、刺激されてますます食欲がそそられたよ」

「キャンプ飯は空腹を抱えながら料理をするのも楽しみなんですよ」

次にみじん切りした玉ねぎとセロリを入れて炒める。

火が通って透明感が出たら、次は米だ。しっかりと炒めてから塩、コショウ、サフラン水を一気に加えてよく混ぜ、さらにプチトマト、アサリ、黒オリーブを載せて蓋をして、強火で熱する。

沸騰するまでは少しかかるから、次だ。

「次にサーモンを使ったサラダを作ります」

皮をむいたサーモンを火で炙って軽く焦げ目をつける。ボールに千切《ちぎ》った葉物野菜を入れて、サーモンを一口大より少し小さくなるようにほぐしながら加え、塩、コショウ、レモン、オリーブオイルを加える。

この時、レモンも切り口を炙って焦がしておくと、酸味が収まってまろやかな味になるんだ。

「コージは手際がいいな。あ、フライパンが噴いてきたぞ」

「いい感じですね」

フライパンを火力の弱いところに移動させ、十分くらい炊く。

ここで水分と米の硬さをチェックし、硬ければ少し足し、そうでないなら蒸らしに入る。その際、エビも加える。

作業をしている横で、アデルが出来上がったサーモンサラダを皿に小分けして、アンドリューさん、バロアさん、エブゼラさん、そして食い意地の張ったパウパウに配ってくれた。

パウパウよ、お前はサービスする俺たち側だろう。とは思うものの、こいつにいっぱい貸しを作っておけば、あとで助けてくれると信じてる、マジで。

魔獣狩りは全面的に頼みたいし。

「これも芳ばしくていいな。レモン、たくさん絞ってかけていたが、思ったよりはすっぱくない。うまいよ」

「炙った分、酸味の尖《とが》りがなくなったんですよ」

俺は、無言で必死に食ってるパウパウを見ながら答えた。で、ナリスにも少しは分けてやれ、と言いかけたところで俺の視線に気づいたのか、フォークで野菜とサーモンを突き刺し、ナリスの口に運んだ。

「おーちぃ！」

ま、いっか。

「では、ラスト。ナリスが頑張ってくれた料理に取りかかります」

ナリスが口をもぐもぐさせながら、万歳する。

フライパンに油をしき、餃子を並べる。全部並び終えてから接着面の焦げ目を確認し、最後のほうの餃子も焼き色が付いたら水を流し入れ、蓋をする。

餃子は水分が飛べば終わりだから、それぞれの料理のフィニッシュに入る。

ダッチオーブンの蓋を開けたら、ふわっと玉ねぎ独特の甘い香りが広がった。スープ皿に丸ごと玉ねぎを取り分け、スープをかける。

自分で作っておきながら、うまそぉ〜って思うよ。

アデルが配ってくれ、三人と一頭が同時に口に入れた。

「うまい！」

と言ったのはアンドリューさんだけじゃなく、バロアさんとエブゼラさんもだ。初めて声を出したな。きっとお付きは言葉を挟んじゃいけないと黙っていたんだろうが、ローストオニオンスープのうまさに、つい出てしまったんだろう。

ふっふっふっふっ、料理をした俺としては最高にうれしいことだ。

続けてパエリアを確認したら、こっちもちょうどよく炊けていて、皿に取り分ける。このパエリアにも炙ったレモンを搾る。

アデルが配ってくれている間に、餃子が焼きあがったので、蓋を外して最後の水分を飛ばし、皿に盛りつけた。

焦げ目の色合いもよく、皮もつやつやだ。

　みんな、うまいうまいって言ってがっついている。

「コージ」

　アデルが俺に向け、親指を立てた。

　実は餃子だけ試し焼きをして、二人で試食したのだ。

　どれもこれもいい香りだ。今夜のキャンプ飯も失敗することなく上出来だった。

「この米の料理もうまいが、こっちはなんという料理だ？　焼けたところがパリッとしているのに、それ以外の部分には弾力があって食感がいい。中から肉汁があふれ出てくる。うまい味を皿に流してしまうこともなくて、とても実用的だ」

「俺の世界じゃ餃子って呼ばれています。今日は焼きましたが、茹でてもいいし、油で揚げてもおいしいですよ」

「そうか。そういえば、コージは多くを炙ったり焼いたりして火を通すが、揚げ物は作らないな。なにか理由があるのかな」

　俺は、うん、とうなずいた。

「キャンプでは自然を汚したり、破壊したりしてはいけないってのが約束事なんです。大自然に場所を貸してもらっているだけなんで。当然ゴミを出してはいけない。出た時は持って帰ります。でも、ゴミを持ち歩くのは困るので、出ないように工夫します。油は使い終わったらもうゴミに等しい。紙や枝なんかにしみ込ませ、焚き火の燃料にしたりもしますが、液体は重いですし、落としたらこぼしてしまいます。なので、使わないんです」

「そうだな。もし油を吸った枝や葉に火が付いたら、山火事になる可能性もあってあぶないしなぁ」

「ですです！」

アンドリューさんは手を顎にやって、暗くなった空を見上げている。なにか考え込んでいる感じだ。

しばらく黙って空を睨んでいて、それからふいに顔を俺に向けた。

「そうか、なるほど。やむなくそこにいなければならないと思うのではなく、遊びの感覚も持ち合わせれば、たとえ宿に泊まれなくても相応に満足できる時間を過ごせるのか。いろいろ参考になった。それにしても、調理場ではなく、焚き火だけでこんなにうまい料理を作るなんて、コージはすごいな」

「褒めすぎです。こんなのコツさえ覚えたら簡単です。キャンプ飯は野外で、テーブルマナーも気にせず、ちょっとのミスも気にしないってのが醍醐味《だいごみ》で、腕を磨いたコックさんたちからしたら不出来ですよ。けど、楽しく過ごせるのが一番なんで、喜んでもらえて俺もうれしいです」

アンドリューさんもそうだけど、隣のバロアさんやエブゼラさんまで、うんうん、と強くうなずいてくれる。

なんか、めちゃくちゃうれしいんだけど。

俺はいつもソロキャンプを楽しんでいたから、人の意見や感想なんて気にしたことなどなかった。けど、こうやって焚き火を囲みながら、みんなで時間と幸せを共有できるのが、こんなにも満たされるとは。

「いやぁ、実にうまかった。満腹だ。私は餃子を気に入ったよ。お前たちはどれがよかった？」

アンドリューさんが二人に問いかけると、バロアさんが、

「どれもうまかったですが、スープですね。シンプルなのに奥深い味わいで驚きました」

と答えた。続けてエブゼラさん。

「私は米の料理ですかね。米の料理は実はあまり得意ではないのですが、これはうまかったです。また食《しょく》したいと思いました」

「パエリアっていいます」

「そうだ、パエリアだった。うん、本当にうまかった」とアンドリューさん。

よかった。なんだか頬が緩んで恥ずかしい。

「コージ、ありがとう。また明日も期待しているよ」

「こちらこそありがとうございました」

「ところで、一服したら一緒に風呂はどうだ。もちろん子どもたちも一緒に」

俺たちは女将さん家族用の風呂を使わせてもらっているんだけど……と、迷いつつアデルとナリスを見た。それに気づいたのか、アンドリューさんは二人に話しかけた。

「公共浴場はとても広くてのんびりできるぞ。それに滑り台なんかもあって、楽しいしな。どうだ？」

「いくぅ！」

ナリスが即刻賛成した。

決まりだな。

「一時間後に迎えにくる」

「わかりました。待ってます」

アンドリューさんは軽く手を挙げて部屋に向かった。

俺たちは後片づけだ。食器や調理道具を洗って拭き、棚にしまう。

食堂はまだまだ盛況で人が引ける気配はない。女将さんに事情を話すと快く了解してくれ、念のために利用料まで持たせてくれた。

この国の金は持ってないけど、あてにしているわけではないがあの流れだと、アンドリューさんが出してくれると思うんだ。だからよりいっそう申し訳なくて。

アンドリューさんに対しても、もし出してくれたら、なにかお礼をしないと。アンドリユーさんが喜ぶものを渡したいんだけどなぁ。

なんだろ、喜んでもらえそうなもの。

むぅ。まったく閃かない。

アデルとナリスが並んでジュースを飲んでいる姿を眺めながら考える。

「うーーーん」

「なにを唸ってるの？」

「うなってるぅーー！」

『うーーーん、うーーーーん』

うっせぇ、この食いしん坊！

俺はわざとらしく真似をするパウパウを睨んだ。

するとパウパウのヤツ、ニヤッと笑い返しやがった。

ムカつく。

「コージ？」

「アンドリューさんが喜ぶようなものを持っていきたいなって思ってさ」

「喜ぶもの？　だったらコージが作る料理の説明書きじゃないかな」

「え？」

「すごくおいしいって言ってるんだから、作り方を教えてあげたらいいんじゃない？」

作り方……レシピか。

「うーん」

「ダメ？」

「いや、作り方の伝授はぜんぜんいいんだけど、正確な分量がわからないから記録できないなーと思って」

素直に答えると、アデルは目を丸くした。

「いつも目分量なんだよ。これくらいかな、とかさ、この手ごたえだ、とか。でも人に伝える時は、失敗しないように分量を記さないといけないだろ？　となると、難しいんだよな」

「……そっか」

アデルはうつむき、少し考えてからぱっと顔を上げた。

「コージってシェフじゃないんでしょ？」

「え？　ああ、そうだけど」

「ってことは、料理を学校や専門家のところで学んだわけじゃないってことだよね？」

「うん」

「怒らせちゃったらごめんなさい。僕、コージが一人で身につけた技術と、専門家が身につけた技術じゃ、差があると思うんだ」

そりゃそうだ。

「だったら、コージが自分の知ってることを言えば、専門家はわかってくれるんじゃないかな」

あ。

「それくらいのことは専門家ならできると思うんだ。前に新人のハンターが、初めて遭遇した魔獣の話を父上にしていたことがあるんだ。その魔獣は、魔獣のことを記録する書物に載ってなくて、新人ハンターが一生懸命伝えようとしていた。父上は見たこともない魔獣なのに、新人ハンターの話だけで目星をつけて対応して、二度目の遭遇の時、倒せたんだよ」

なるほど、こっちは持っている情報を全部出して、あとは相手の経験値に委《ゆだ》ねればいいってことか。

「名案ありがとう、アデル。知ってることを伝えるに徹し、あとのことはアンドリューさんに任せることにするよ」

「うん！　コージのキャンプ飯、おいしいから絶対アンドリューさん喜ぶよ」

うれしいこと言ってくれる。

「よろこぶぅー」

「ナリスもありがと」

「あい！」

アンドリューさんがやってくるまで、もう三十分もない。今日は無理だな。後日レシピを渡すなら、ある程度、数を書き出したもののほうがいいだろうな。

あ、いや、その日に出したものを都度渡すのも手か。

「よし」

俺は気合いを入れて、昨日と今日のメニューを記すことにした。

詳しい分量がわかるものは数字で、わからないものは目安を。きっとアンドリューさんちのお抱えシェフなら経験とか勘《かん》で作ってくれるだろう。

昨日は、ラムラックとアクアパッツァ、それから味噌汁だった。

味噌は残念ながら作り方まで知らないけど、『大豆、米、麦なんかの穀物に、塩と麹《こうじ》を加えて発酵させた食べ物、保存が利く』と書いておけば、あとは向こうで考えてくれるだろう。

それから、ブルスケッタと、炙ったサラダと焼きリンゴ。

こうやって書き出したら、けっこう作ったんだな。

で、今日は、パエリア、ローストオニオンスープ、ローストサーモンのサラダ、餃子だ。

とりあえず、今日はこれを渡そう。

「コージ、アンドリューさんが来たよ」

アデルが教えてくれたので、紙を手にして俺は立ち上がった。

アンドリューさんに連れられて、近くの公共浴場に向かう。入り口には噴水の絵が描かれたプレート看板が掲げられているんだが……噴水？　日本の温泉マークも外国人にはわかりにくいかもって思うけど、噴水って。

それほど大きくはないエントランスホールでアンドリューさんが人数分の金を払う。自分たちの分は出すと言ったが、誘ったのは私だからと言って、アンドリューさんは予想通り受け取らなかった。

中に入ると、正面にドンと噴水があって、湯気が立っている。触ると少し熱い。

なるほど、これが看板絵の由来か。

さらに奥には脱衣所がある。店の人に服や荷物を預けて、さらに中を進むと、まるでプールみたいな、広い湯場があった。

これを見て浮かんだのはテルマエだ。古代ローマ人は遠征先でテルマエを造っていたそうだ。イギリスのバースってところは、古代ローマ人が町を造った際に温泉が見つかり、そこから栄えた。

映画やマンガの影響で『テルマエ』ってラテン語で広く知られるようになったが、英語でバース。日本人が風呂をバスって訳すのもこれが由来《ゆらい》だ。

湯場を汚さないように、石鹸を使う場所は決められているそうだ。そこで体や髪を洗って、終わればお湯のプールに浸かって癒やされるってわけだ。

そこから四方に別の空間があり、それぞれ個性的な造りになっている風呂がある。

アンドリューさんがアデルたちに話していた、滑り台も置いている。

おそらく温度の高い湯や低い湯とか、薬草が入っているとか、いろいろ趣向を凝らして、客を楽しませようとしているのだろう。

「汚れた体では湯には浸かれない。先に汚れを落とそう」

アンドリューさんが言った。

「了解です。ナリス、おいで」

「あーーい」

先にナリスを洗ってから、次にアデルだ。

全身綺麗にして、頭から湯をかけて洗い流す。

蛇口をひねると適度な温度の湯が出てくるから、俺たちの世界の温泉や銭湯と変わらない。なので使い方に戸惑うってことはなかった。

ナリスは俺がなにか言わずとも終わったと察し、さっと立ち上がった。

「ナリス、床が濡れて滑りやすいから走っちゃダメだぞ。それから深いところには行かない」

「あい」

「絶対だからな」

「ずえったい」

「約束」

「やくそくぅ！」

バロアさんたちがいるから大丈夫だとは思うけど。

俺は次にアデルの洗髪に取りかかった。

「頭からな」

「うん」

イメージ的には自分ですると言いそうなんだが、風呂では誰かが洗ってくれるものと思っているのか、静かにナリスが終わるのを待っていた。

ここはやっぱり王子様なんだろうなぁ。

後方では楽しそうなナリスのはしゃぎ声が聞こえる。アデルの髪を洗いながらそれを聞いている。だけど、

「ナリス、走ってはいけない」

「滑るから」

「あい！」

というバロアさんたちの声が聞こえてきて、やっぱダメだよなって思ったりな。仕方が

ない、まだ三歳なんだから。

そうこうしているうちに、アデルの髪と体を洗い終えた。

「終わった。アデル、ナリスを見てきてくれよ」

「うん、わかってる」

アデルはまだ七歳なのに、俺はすっかりアデルを頼りにしている。

俺もしっかりしなきゃな。

自分の髪と体を洗い、ようやく湯の中に入った。アンドリューさんの隣に座る。

そんな俺の目の前をナリスがパシャパシャと泳いで横切る。

へえ、ナリス、泳げるのか。

「コージはどうしてあの子たちと旅をしているんだ？」

話しかけられて振り向く。

ここに滞在中の食事を頼まれた時、旅の最中だから、ナリスがよくなり次第立ち去る旨を話していたことを思いだした。

「ドラゴンの魔法で吹き飛ばされたんです。なので、両親のもとに帰してあげたくて」

「ドラゴン……そうか」

あそこにドラゴンがいたこと、なにか意味でもあるのかな。

「だが、コージはあの二人の身内ではないだろう？」

「…………」

「人種が違うからね」

そりゃそうだ。

「それに、私は仕事柄、母国だけではなく周辺の国々にも出向くんだが、君はそこでも見慣れない顔立ちだ。言いたくなければ答えなくてもいいが、異世界人ではないのかな？」

ビンゴだ。けど、もし魔法でこのピースリーに召喚されたことを知ったら、で、それがアデルによるものだとわかったら、二人の正体にも気づくんじゃないだろうか、この人は。

だけど、そこまでわかってしまう人なら、ここで誤魔化したってバレるよな。

「その通りです。なんかよくわからない間にこの世界にいました」

「それはどこの国？」

「ファイザリー王国です」

アンドリューさんは、ふむと言うと、手を口にやって黙り込んでしまった。

どうしようか、なにか言おうかと思っていると、アンドリューさんがまた話し始めた。

「ファイザリー王国はここから最も遠い国だ。ルート次第では魔獣が多く出る場所を通ることになる。だが、避けたほうがいいとも言えないからタチが悪い」

「どうしてです？」

「他国のことを悪く言うのはなんだが、隣国ピラウン王国は広くて深いジャングルがあって、ジャングルで暮らす種族は王国の規律外の暮らしをしているから、なにがあっても法で裁《さば》けない。さらに王族間で諍《いさか》いがあり、国としても安定していない。財力のある貴族は国王派だが、軍隊は大公派の上に次代が問題で、王太子は使えず、大公子息が有能と聞いている。不安定な国内情勢によって、どの街も治安がよろしくない」

魔獣を取るか、悪質な人間を取るか、ってことか。

「アンドリューさんだったら、どちらのルートを取りますか？」

「そうだな、私なら、魔獣かな。ハンターを雇えば解決できるからだ。人と争って拗《こじ》れるよりマシだ。それに君の場合、パウパウがいるだろう。聖獣が旅に同行するなんて、最高の条件だよ」

あいつ、使いもんになるのかな。強いのは確かだけど、気まぐれだから。

「遠回りになるが、ピラウン王国を避け、我が国を横切ってマリウン王国に出ることを勧める。そこから南下し、クチュリ王国に入りファイザリー王国を目指すのがいいかと、私は思う」

それに、とアンドリューさんは続ける。

「ピラウン王国のジャングルに二人の子どもを連れて進むのは、やっぱり得策じゃない。道中、所々人里に降りて食料や薬やら、それらを手に入れられる手段を持っているほうがいい」

「ずっと森の中では、体調を崩したりしたら手立てがないですもんね」

今回のナリスのように。

「聖獣は万能じゃない。今回のナリスの不調は癒やせたが、そうならない場合は命取りになる」

「そうですね。ルートは悩んでいたんです。アドバイス、ありがとうございます」

アンドリューさんは、ふっと笑った。

その目が優しくてこの人の人柄が伝わってくる。

「実は、今日風呂に誘ったのは、旅を中止しないかと言おうと思っていたからなんだ」

「中止？」

「ああ。幼い子どもを連れての危険な旅などやめて、私の屋敷に来ないか、とね」

「や、でも、アンドリューさんちには、立派なシェフがいるでしょう」

するとアンドリューさんは、ははははっと軽快な笑い声をあげた。

「コックに雇うためじゃない。君だってずいぶん若いだろ。我が屋敷で勉強し、私のサポート役になってくれたらいいなと考えていた。それに、アデルとナリス、二人とも躾が行き届いていて礼儀正しい。二人の後見人になって、育てられたらと思った」

二人の安全を考えたら、それはすごくありがたい申し出なのかなって思う。道中、なにがあるかわからないんだから。それにもしリマさんが言うように、アンドリューさんがこの国の侯爵だったら、二人の未来は安泰《あんたい》だ。俺も、だけど。

けど、国で二人のことを心配している両親のことを思うと、やっぱりできない。二人はなるべく早く、親元に帰してやりたい。両親に二人を抱きしめさせてやりたい。俺も自分の世界に帰りたい。

俺の顔を見てか、アンドリューさんは肩に手を置いた。

「と、思ったこと言ってみただけで、正式に提案するつもりはない。君の考えていることはわかっているつもりだ」

「……すみません」

「謝らないでくれ。君の判断のほうが正しいのだからね」

顔を正面に向けると、アデルとナリスが並んで楽しそうに泳いでいる。

「事情があるのに引き留めてすまないが、一週間、どうかよろしく頼むよ」

「それはもちろん。こちらこそよろしくお願いします。あの、アンドリューさんは……この先で行われている治水工事に関わっているんですか？」

つい聞いてしまった。

「どうして？」

「治水工事中に事故があって、指示を出している上の人がかわったみたいだって聞いたから……えっと、マズかったですか？　この質問」

「いや、そんなことはない。であれば、私がどういう立場の人間か、知っているのかな？」

「そこまでは知りません。ただ、最近来たっていうんで、そうなのかなぁって思っただけで……すみません、よくない質問だったら取り下げます」

アンドリューさんが苦笑を浮かべた。

「いいんだ。ただ、前の指揮官がね、ちょっと面倒くさい人物なんだ。私に手柄を取られたと怒っているようでね。もちろん、私だって自ら進んで来たわけじゃない。上からの命令なんだが、彼はそう思っていないようでね。だからあまり目立たないようにしているんだ」

「お金持ちが泊まる宿を避けてるのも、それですか？」

アンドリューさんは微笑みながら、俺の肩をぱんぱんと叩いた。反動で水面が揺れ、映っている俺の顔も歪む。

「そろそろあがろうか。のぼせそうだ」

アンドリューさんはそう言って立ち上がった。

侯爵様なんて人は、高い地位にいて、みんな俺スゲェ的なのかと思っていたけど、そうでもないんだなぁ。尻ぬぐいで来ているのに気を遣っているんだから。

当たり前か。なんでも画一的じゃないってことだ。そういう人もいれば、そうじゃない人もいるってことかな。

俺はいい人に出会えてよかったというわけだ。

アデルとナリスを呼んであがらせ、服を着せると、アンドリューさんが人数分の冷たい飲み物を買ってくれた。

大人はエール、俺はミネラルウォーター、アデルとナリスはオレンジジュース。

「おいちーぃ！」

「よかったな、ナリス」

「あい！」

ナリスの笑顔全開の様子を見ると、なんかほわっと安堵感が湧いてくる。子どもの笑顔はいいよな、マジで。

だが、そのナリスはジュースを飲んでいる途中から怪しくなり、飲み終わって俺に瓶を差し出した途端、あっという間に寝てしまった。

子どもって、ホントにいきなりスイッチが切れるんだもんな。

宿屋に戻ってきてアンドリューさんたちと別れ、屋根裏部屋のベッドにアデルとナリスを寝かせたら……なんだか視界が歪んで、意識が曖昧になってくる。

あぁ、そうだ、俺、レシピ、渡し忘れた……と、までは思ったけど、そこから先の記憶はもうなかった。

一週間が経った。

アンドリューさんは無事に自分の仕事を終えたようだ。

どうも彼の役目は、治水工事が終わるまでのすべてを指揮するのではなく、事故で無茶苦茶になった現場を元に戻し、そこから改めて工事を軌道に乗せるというもののようだった。

だけど、もともとの指揮官はアンドリューさんに嫉妬してへそを曲げているので、アンドリューさんが描いた青写真通り動くとは限らない。それに対抗心から違うやり方をわざとしようとするかもしれない。なので、アンドリューさんの信頼する部下が引き継ぐとのことだった。

俺のほうは、なるべくメニューが重ならないように工夫をしてきた。パスタとか、グラタンとか、炊き込みご飯とか。

そうだ、炊き込みご飯！

リマさんが日本の米に似た米を探しだして買ってきてくれたので、炊き込みご飯を作ったり、おにぎりを握ったりもした。

おにぎりにはアデルとナリスも、俺と出会って最初に食べたものだから思い出深かったんだろう、大はしゃぎだった。

その他は、お好み焼きとか、焼きそばなんかも。

どれも喜んでもらえた。俺が大好きな『スープしみしみサラダ』も大好評で、何度もリクエストをもらった。

そんな感じで一週間はあっという間に過ぎ、そして今日、アンドリューさんは仕事を終えて帰り、俺たちは旅を再開させる。

俺たちは食堂で朝食をとっている。

「おじちゃんとおわかれぇ？」

そう、ナリスはアンドリューさんのことを、恐れ多くも『おじちゃん』と呼ぶんだ。でもアンドリューさんは笑って頭を撫でて肩車とかして遊んでくれた。まだ三歳。親が恋しい時期だからサービスしてくれたんだろう。

だけど、アンドリューさんがこの国の侯爵なら、アデルとナリスはファイザリー王国の王子だ。単純に地位だけ見たら二人のほうが上なんだから、正式に対面すれば……いや、起こりもしないことを考えるのはよそう。

「俺たちも出発するんだ、ナリス」

「あい」

「でも、やっぱり寂しいよね」と、アデル。

アデルは口元では微笑みつつも、目はしょぼんとなっている。

「そうだなぁ。アンドリューさんもそうだし、『シアタル亭』のみんなもそうだし。女将さんやリマさんたちにはホントに世話になったしさ」

「うん」

リマさんなんて、ソーデン先生にナリスがよくなったことを知らせに行ってくれたりもしたんだ。押しつけられた迷惑なのに、親切にしてもらって感謝してもしきれない。

そんなやりとりをしているうちにバロアさんがやってきた。

「おはようございます。恐縮ですが、主は朝食をとらずにここを発ちます。それでお三方には主の部屋に来ていただきたいのです」

なんだろうと思い、アデルと顔を見合わせるが、すぐに立ち上がった。そしてバロアさんについていき、アンドリューさんが泊まっている部屋に行く。

ちなみにナリスはパウパウの背中に乗っている。最近はすっかり見慣れた光景だ。

中に入ると、アンドリューさんはすっかり用意をし終えていて、椅子に腰をかけて待っていた。

「すまない。宿泊客に見られたくなかったので来てもらった。座ってくれ。おチビさんたちは恐縮だが、ベッドの縁にかけて待っていてほしい」

俺は言われるまま椅子に腰を下ろし、アデルはナリスを促してベッドの縁に座った。

アンドリューさんはテーブルに置いてある箱を俺の前に差し出してくる。

「コージにこれをプレゼントしたくてね。餞別《せんべつ》として」

「餞別？　開けていいんでしょうか？」

「もちろんだよ！」

嬉々としているアンドリューさんに少々気圧されながら、俺は差し出された箱の蓋を開けた。

……銃？

手に取ってよくよく眺めてみる。銃口が大きめで丸く広がっていて、水鉄砲みたいな感じだ。シリンダーはないし、弾を入れるための場所もない。

それとガンベルトが収められていた。

「魔石銃だ」

「魔石銃？」

「弾丸ではなく魔石をこめて撃つ。このレバーを跳ね上げて魔石を入れるんだ」

「魔石？　これ、魔石を使うんですか？」

「そうだ」

アンドリューさんが銃の上部にある半回転式の取手を掴んで蓋を開けた。中には小さな石が入っていた。

「どんな色の魔石でも使えるが、補充が不要なように質のいい魔石を入れている。動力切れが起こることはないから、安心して使えばいい」

言われてもう一度よく見る。小さいけど、金色だ。

金色！　最高級の魔石！

「こんな高級なもの、いただけません！」

「そう言うな。魔獣は何頭倒しても損はない。君たちが少しでも安全に旅ができるよう、私の礼と祈りを形にしただけだ。こいつの威力はすごいから当たれば確実に倒せる」

「でも……俺たちにはパウパウもいますし……えっ？」

アンドリューさんが耳元に顔を寄せ、小さい声で囁いた。

聖獣は気まぐれ――確かに。

「幸い、私には金はあるんだよ、少々使っても屁でもないくらいね」

わざとらしいウインクに、俺の顔も緩んだ。

金どころか、地位もあるでしょ。しかもアンドリューさん、イケメンだから人気もあると思うよ。

でも、そこまで言ってもらっているのに、断るのは野暮《やぼ》だ。

「厚かましいですが、ありがたく頂戴《ちょうだい》します」

「うん、そうしてくれ。気持ちよくもらってくれたら私は非常にうれしい。それから、こちらは魔石だ。それほど数はないが、持続性に長《た》けているものを選んだから長持ちするはずだ」

「魔石まで……ありがとうございます！」

「それから、もう一つ」

「え！　もう一つ!?」

魔獣を倒す武器と、複数個の魔石だぞ。これだけで充分すぎるのに！

アンドリューさんは、ははははっと笑いながら、ポケットからペンダントを取り出してテーブルに置いた。

ペンダントトップは雫型で、中央に紋章のような絵柄が刻まれている。

翼を広げた双頭の鷲《わし》を蔦《つた》が円形に取り囲んでいて、繋がっていない上部には、小さな星が三つ、逆三角形型に描かれている。

「我が国は全体的にあまりうるさく通行の確認をすることはないんだが、街によって異なるし、その時々の様子、世情によって強化される時もある。これは我が家の紋章で、国内のどの関所でも無条件で通行できる。だが、この国から出たら、すぐに割って捨ててほしい。でないと逆に怪しまれる」

通行手形としてこれをくれるというわけか。

「それも紋《もん》があったこともわからないくらい細かく砕き、できれば何か所かに分けて捨てることを勧める。あるいは川に流すかな」

「なにからなにまで、本当にありがとうございます」

失くさないようすぐに首にかけ、服の中に隠した。

「それだけ君は私の腹を満たして喜ばせてくれたんだ。君自身の手柄だ、堂々と受け取ればいい」

「はい」

「国境を越えるまで、私が同行者をつけてやればいいのだがね。それではさすがに君たちも了承しないだろう。また会おうと言いたいが、再会は難しそうだ。とにかく旅の無事を祈る」

「アンドリューさんも。お世話になりました」

アンドリューさんは俺の肩に手を置いて強くうなずいてから、立ち上がってベッドに向かった。アデルとナリスの前にしゃがみ込み、片膝をつく。そしてナリスの頭に手を置いて、優しく撫でた。

「ナリス、一日も早くパパやママに会えることを祈っているから、いい子にしてコージやアデルの言うことを聞くんだぞ」

「あーーい、ナリス、いいこだからだいじょーぶぅ！」

「そうか。そうだな。ナリスはいい子だ」

次に、アデルへ向く。

「大変な旅だろうが、コージと協力して頑張れ。だが、無理はするなよ。なにかあれば、すぐコージに相談するんだ」

アンドリューさんはアデルの胸を人差し指で触れた。

「大切なことは、溜めないことだ」

「はい……」

「元気でな」

「アンドリューさんも」

アンドリューさんはアデルとナリスの二人を同時にぎゅっと抱きしめた。

「あの、アンドリューさん、俺からも渡したいものがあるんです」

振り返って立ち上がり、テーブルに戻ってくるアンドリューさんに、紙を差し出す。

「これ、お出ししたメニューです。いつも目分量とか、感覚で作っているので、きちんとした分量がわからないんですけど、お役に立つかなって思って」

「レシピか！　それはありがたい。もう食べられないのが残念だったんだ」

おお、喜んでもらえた。

「食材と調理過程がわかれば、シェフが試行錯誤して完成させるだろうから大丈夫だ。ありがとう、コージ」

照れくさくて、笑って応じる。アンドリューさんはレシピを大切そうに胸ポケットにしまい、再び立ち上がった。

「それでは我々はこれで失礼する。コージ、アデル、ナリス、パウパウ、元気で。無事に祖国に帰り、両親と再会できることを祈っている」

そう言ってアンドリューさんは微笑み、バロアさんとエブゼラさんを伴って去っていった。

バロアさんとエブゼラさんも会釈したのち、ナリスに向けて小さく手を振っていたのが印象的だ。二人は口を開くことがほとんどなく、影のようにアンドリューさんに付き従っていたから。

アンドリューさん、本当にいい人だ。第一印象は、金に物を言わせて無茶を言う人って感じだったのに、ぜんぜん違った。気遣いのすごい明るくて優しい人だ。

俺はもらったガンベルトを腰に巻いた。

今度は俺たちが出発する番だ。アンドリューさんたちとの別れは寂しいけど、『シアタル亭』のみんなとの別れもつらい。

屋根裏部屋に荷物を取りに行き、上着を着た。

アンドリューさんにもらった魔獣用の銃は見えないようにしたほうがいいだろう。

アデルとナリスを着替えさせ、準備を終えて食堂に向かった。

「もう行くのかい？」

　女将さんが声をかけてきた。

「いろいろ本当にお世話になりました。この御恩《ごおん》は忘れません。ありがとうございました」

「ありがとうございました」

「まちたぁ！」

　ナリスの言葉はまぁいいとしても、三人で礼を言って頭を下げた。

「よしなよ。あんたたちに助けられたのは私らのほうなんだから。あのお客に喜んでもらえたのは大きいよ。本当に助かったんだ。だけど、たった十日ほどのことなのに、いなくなったら寂しくなるよ。体に気をつけて旅をするんだよ」

「うん。女将さんたちもね」

　グズッとリマさんが鼻をすすった。

「リマさんも、ありがとう。ナリスを見てくれて助かった」

「ううん。コージが教えてくれたレシピとか、キャンプのこととか、参考になったからいろいろ取り入れていこうと思ってるの」

「ぜひ」

　実はアンドリューさんに渡したレシピ集、同じものをもう一つ作り、リマさんに渡したのだ。

「コージ、あまり荷物になってはいけないと思ってたくさんは用意してないんだけど、長旅にあったらいいだろうと思うものを揃えたんだ。これ、持っていきな」

女将さんが手で示した先には、塩や砂糖の調味料と、乾物など日持ちのするものが並んでいる。

「すみません。助かります」

俺たちが目指しているのはファイザリー王国。ここから最も遠い国だ。もう会うことはないだろう……そんな思いが互いにあるからだろう。少しでも役に立つならと思ってくれているんだろうな。本当に、ありがたい。

「ありがたくいただきます」

荷物を持ち、礼をして、女将さんたちが見送ってくれる中、俺たちは『シアタル亭』をあとにした。

後ろ髪、引かれるんだけどな。

でも、仕方がない。

この町並みも、これで見納めだ。

感傷《かんしょう》に浸りながら歩いていたら乗り合い馬車の乗り場を見つけた。馬車に乗れば早く進むことができる。

アデルも賛成したので、乗り場で並んで待っていると、どうもジロジロと注目されて居心地が悪い。

アンドリューさんにもらった魔獣用の銃の中に入っている魔石が狙われているのかも、とかさ（上着で隠れて見えないはずなのに）、アデルとナリスの身分がもしかしてバレた？（そんなわけがない）とかさ、いろいろ考えたんだけど、そうじゃなく、パウパウが原因だということがわかった。

というのも、聖獣が人間と一緒に行動していることが珍しいようなんだ。それは漏れ聞こえた言葉で判明した。

「聖獣を連れてるけど、偉い人なのかな？」

子どもが母親に尋ねていた。さらに、「だったら、貢物《みつぎもの》をしたらお願い事をかなえてくれる？」とも。

それは困る！　そんなことできやしない。

俺は慌ててナリスを抱き上げ、アデルを促して速足で逃げるようにその場を去ることにした。

パウパウはきょとんとしながらも、ちゃんとついてきている。

俺はあまりにもこのピースリーという世界を知らなさすぎる（当たり前だけど）。女将さんたちやアンドリューさんに、もっと質問して教えてもらったらよかった。

……後悔がデカい。でも、後悔先に立たず、だ。ここで悔《く》いても仕方がない。

乗り場から離れて大通りから一本中に入った道を進む。山道を歩くよりマシとはいえ、ずっと徒歩で国境まで行くのは大変だ。どこかで乗り物に乗りたいんだけど。

途中で小さな公園があったのでベンチに座り、出店で飲み物を買って子どもたちに一息ついてもらっている間に、俺はルートの再確認を行《おこな》った。

「パウパウがいる限りどこでも注目されるよ」

アデルが言うが、それはわかってる。

「けど、ここから国境まで直線コースでは街が続いていて、身を隠すような場所はないよ。かといって、夜に移動するのは危ないしさ」

「うん。それは僕も思う。でも……」

アデルが身を乗り出して地図を凝視し、指をさした。

「ここに川があるでしょ。この川に沿って進んで、国境を越えたらどうかな」

確かに大きめの川があるのはわかっているんだけど、これには問題がある。

「ただでさえ迂回《うかい》するってのに、この川はこの国の内部に向かって流れている。俺たちはかなり北上して、そこからようやく南下し、マリウン王国に入る形になる。時間的ロスは大きい」

「けど……注目されて進むよりいいんじゃないかな。僕らはコージのキャンプ用具のおかげで、宿に泊まる必要も、食堂で食事をする必要もない。目立たないように河川敷でキャンプしたほうがいいと思うんだ。寒くなったら、たぶんだけど、パウパウに言えば暖めてくれると思うし。もしダメでも、魔石がある」

それはそうだけど。

「僕も聖獣と一緒に行動することが、こんなにもみんなの興味を引くなんて知らなかった。それに、偉い人と思われるなんて……」

アデルはナリスとじゃれているパウパウを見、それから指をもじもじさせた。

「母上は聖獣とすぐに仲よくなるんだ。聖獣のほうから寄ってくる感じ。だから聖獣と一緒にいることに違和感なかったんだけど……それは特別だったんだね」

王妃様が聖獣に好かれる要素を持っているからか、王妃という地位にいる人だから、か。それはわからないけど、アデルには普通のことだったのだろう。

「王子様ってだけで特別だよ。いいんだ、アデルは今のままで。変に意識して変わることはない。ただ、俺としては、人の上に立つ人は、優しい気持ちを持っていてほしいと思うけどさ、それだけのことだよ」

「うん」

とはいえ、ルートをどうするか。

心配なのは、聖獣が一緒にいるからって理由で俺たちを特別視して、アデルやナリスに危害が及ぶことだ。

魔獣は倒せばそれで終わりだけど、人間はそうはいかない。その国や地域の法や規則に沿って裁かれる。それは今の俺たちには最大級困る。

アデルの意見が現実的か。

うん、決まりだ。

「川に沿って進もう」

「うん！」

アデルは自分の案が採用されてうれしいのか、顔を輝かせた。

七歳とは思えない堂々っぷりだ。頭もいい。機転も利く。将来有望だと思う。

でも俺としては、そういうプレッシャーでアデルが苦しむことが心配だ。たとえファイザリー王国の人間じゃなくても。ファイザリー王国に着けば自分の世界に帰る人間だとしても。

「コージぃ」

「ナリス？　どうかしたか？」

「きもちわるい」

えっ！

「どこか悪いのか？　熱があるとか？」

するとナリスはブンブンとかぶりを振った。

「あっちぃにナリスたち、ジロジロしてるひといるからぁ」

ジロジロ？

「コージ、あそこの五、六人のことだと思う」

アデルが小声で耳打ちした。気づかれないようアデルの体を盾にして覗き見ると、公園の端に男たちがたむろっているのが見えた。

「あの黒い上下の人、断言はできないんだけど、馬車の乗り場にいたように思う」

「マジか？」

「たぶん。パウパウをずっと見ていて、興味あるのかなって思ったから」

目的はやはりパウパウか。

『撒いてこようか？』

「撒く？」

『僕が目的なら、僕が離れたらそれで解決だ。で、河川敷で合流すればいい。ちゃちゃっと彼らを撒いてくるよ』

なるほど、それなら逆に俺たちも人目につかないので、慌てて歩くこともない。

「そうしよう。でも、大丈夫なのか？」

『あらあら、僕が聖獣だってこと忘れたの？　あ、違うほうの意味かな？』

「違うほう？」

『場合によっては容赦しないけど、基本、人間に手を下すことはしないよ』

違うほうの意味って……そうじゃなかったけど、でも、そうか、聖獣でも人間を襲うことはあるのか。覚えておこう。

「俺の質問は、河川敷で合流できるか？　ってこと」

『コージ、アデル、ナリス、三人の匂いは覚えているから、離れていてもすぐ見つけられる。だって、山で別れても宿屋で合流できただろ？』

確かに。

同時に、なぜあの時いなくなったのか、それを聞き忘れていたことを思いだした。いたらナリスの熱の件、すぐに解決できたのに。

河川敷で合流したら聞かないと。

『じゃ、あとでね』

「ああ」

『あ！　合流したらご飯だよ！』

「へえへえ」

パウパウがアヒルの翼をパタパタ揺らして飛んでいくのを見送る。

子ライオンがスフィンクス座りで空を飛んでいる姿はなんだか変な感じだけど、聖獣ってのは、おそらく俺の世界では世界各地にある神話に登場するような存在なのだろう。現にペガサスがいるって話してたもんな、アデルたち。

頭に触角、子ライオンの体、背中にアヒルの翼……これもキマイラに入るのだろうか？

うーん、キマイラはむしろ魔獣枠のような気が。

そういえば、ピースリーには魔法がかけられていて、言語が理解できるように変換されると言っていた。

俺が会話に困らないのも、文字を難なく読め、さらに書けるのは、その魔法による作用……とすれば、ペガサスとかキマイラとか、空想事も含めて俺の世界の言語でこの世界と共通してるっぽいことは、置き換えられているんだと思う。

で、理解できないこと、知らないことは、どちらかの世界にしか存在していないのだろう。

なんだか、少しずつだけど、わかってきたような、受け入れられてきたような気がする。

「アデル、ナリス、行こう」

「あい！」

「うん」

予想通り、誰も俺たちに注意を向けることはなかった。

急ぐことはない。足取りはゆっくりめで進み、難なく河川敷に到着した。土手を下りて河川敷を西に向かって進む。

余裕だったな……そう思った矢先だ。

「コージ、なにか……」

アデルの声が緊張に震えている。恐怖かもしれない。ナリスも感じているようで、無言で足にしがみついている。

今までは、少し長めの雑草が茂っているだけだったのに、数メートル先からは背の高い木々が生えていて、視界が悪い。さらに木々の間からは黒い煙が揺らいでいるのが見える。

火事ではないと思ったのは、葉や枝が燃えて煙が立ちのぼっているという感じではないし、火の赤さや熱さがないからだ。

「いるんじゃないかな」

そうなんだ。身が竦むのは、なにかいるように感じるからだ。

でも、こういうシチュエーションで、三人揃って怖がっているとなると、考えられる可能性は一つ。

魔獣だ。

ここで、出会うのかよ。マジか。

脳裏にパウパウの後ろ姿が蘇って、泣きそうになるが……泣いてる場合じゃない。パウパウがいなくても俺がアデルとナリスを守らないと。

目だけ動かして周囲を見渡す。

橋は後方の、けっこう距離のあるところに架かっているのが見えた。

あそこまで後退して、向こう側を進むほうがいい。

いや、待て。

パウパウは俺たちの匂いを覚えているから、大丈夫だと言った。それはどこにいても見つけ出せるということだ。なら、橋なんか渡らずとも、安全なところまで戻って待っていればいい。

「アデル」

「な、に？」

「戻ろう。戻って、安全な場所で身を隠そう」

「う……うん」

「ナリス」

「…………」

「おいで、抱っこしてやるから」

ナリスは無言のまま、万歳して俺の胸に収まった。

アデルの跳ねるような声に、俺は体を半回転させて正面を見た。

「コージ！」

！

十数頭の熊もどきがこちらを向いて威嚇《いかく》している。見た目はヒグマだけど、背中にはステゴサウルスみたいなビラビラした背びれが付いていて、爪がデカくて鋭い。

金色をしたつり上がった逆三角形の目がギラギラと光っている。

つんざくような威嚇の咆哮《ほうこう》がいくつも上がった。

鼓膜が破れそうだ。

「逃げないと」

「コージ、無理だよ。動いたら襲ってくるよ」

「立ち竦んでいたって襲ってくるだろっ」

「む、り……」

アデルは完全に震えあがって硬直していた。俺の腕の中にいるナリスは、もう見ることを放棄して顔をうずめている。

ヤバいよ、マジでヤバい。

そうは思うが、いざ動こうとしても、足が言うことを聞かない。アデルとまったく同じ状態に陥っている。

手が震えている。

先頭の背びれ熊がドスンと一歩を踏み出した。

どうしよう。

「コージぃ」

顔をうずめながらナリスがぐずり、足を大きく振った。靴の先が脇腹に当たる。その時、あっと思いだした。

なにをビビってる。こういう時のために、わざわざ用意してくれたんじゃないか！　しかもエネルギー切れがないように、最高級の魔石をこめてまで。

「アデル、ナリスを頼む」

しがみつくナリスを無理やり引き剥がし、俺は上着の裾を捲って腰の銃を抜いた。

アンドリューさんが用意してくれた対魔獣用の魔石銃だ。照準とかなくて、トリガーを引くだけの代物だ。

とにかく、トリガーを引け！　俺！

銃口を正面にいる背びれ熊に合わせ、人差し指に力を入れて、思いっきり引くんだ！

いけ！

「え？」

力いっぱい引いたのに、トリガーは動かなかった。

なんで？

あ、いや、安全装置だ。安全装置をオフにしないと。

一度は狙いを定めた背びれ熊が怒り狂ったように吠えた。耳がキーンとなるような重厚感のある咆哮。

恐怖で手が、体が、震える。

早く安全装置を外して、撃ち殺さないとっ。

トリガーの横にスイッチのようなボタンがあった。これを押せば！

だけど、押しても指を離せば戻ってしまう。もう一度押したら少し下に動いた。

そうか、ただ押すだけじゃダメなんだ。わかった。

ぐっと押しながら下に下げると、カチリと音がし、指を離しても今度は戻ってこずにハマり込んでいる。これで安全装置は外れた。

再び背びれ熊が吠えたので、俺は急いで銃口を向けた。

今度こそ、倒す。

「いけっ！」

叫びつつ、トリガーを引いた。

「うわぁーー！」

ブオッと低い音がして強烈な衝撃が全身を襲った。後方に吹っ飛びそうになったけど、衝撃はあるだろうと思っていたから、なんとか踏みとどまれた。

が、そんなことより、魔石銃の威力にビビった。

銃口から金色の光が放出されたかと思ったら、一瞬で正面の背びれ熊を縦五枚に斬り裂いたのだ。

再びいくつもの咆哮。

先頭の仲間をやられたからか、後ろにいる連中が一斉に吠えたのだ。

一頭でも迫力なのに、十数頭で吠えられたら、ホントに鼓膜が破れそうだ。

「くそっ」

真後ろに立っていたヤツに銃口を向けて撃つ。その次は真横のヤツを狙って撃つ。

とにかく必死で銃口を向け、トリガーを引いた。

距離がけっこう近いので的を外すことはなかったけど、だからこそ近づいてこられたら恐怖が倍増する。

数頭まで減ったものの、残ったヤツらは俺たちに迫り、二、三メートルのところまで来た。

もうダメだ！

背びれ熊の咆哮を浴び、咄嗟に両腕で頭を庇おうとした。だが、刹那にドンと音がして、こわごわ片目を開けると、目と鼻の先にいたはずの背びれ熊は倒れていた。

え？　なんで？

呆《ほう》けつつ、なにげに見上げたら！

「パウパウ！」

頭上でパウパウがアヒルの翼をパタパタと羽ばたかせて笑っている。そして背びれ熊に人差し指を向けたと思った瞬間、狙われたヤツは地に崩れ落ちた。

一瞬で俺たちの目前までいた連中は倒されてしまった。

それだけでは終わらなかった。パウパウは前方の、黒煙が渦巻いている場所にもビームを放った。渦が中心の奥に向かって流れ出したかと思えば、ドカンと爆発して消えてしまった。

呆気に取られて茫然としている俺に、パウパウが話しかけてくる。

『アンドリューの魔石銃はなかなかいい代物だね。一瞬で五枚におろした』

言いながら俺の目の高さまで降りてきた。

『それにコージ、ちゃんと撃てたね』

ちゃんと、撃てた？

「……もしかして、とっくの昔に到着してた？」

『うん』

「うんって！」

パウパウがカラカラと笑う。その笑い声が癇《かん》に障る。いや、ムカつく。俺たちがピンチなのを傍観《ぼうかん》していたんだから！

「なんですぐに助けてくれなかったんだよ！」

『んーー、それは、コージが魔石銃を使えるか知りたかったから』

「え？　どういうことだ？」

パウパウは「だからぁ～」と勿体つけるように言う。

『どんなに性能のいい武器があっても、持っている者がそれを使いこなせなかったら意味はないだろ？　コージが魔石銃を使えなかったら――この場合の使えないってのは、操作方法のことじゃないよ。どうしても殺傷する勇気が持てなかったらって意味。その場合、その魔石銃は無いも同然だ。ちゃんとトリガーを引けるか、知りたかったんだ』

「………」

『コージが戦えるか戦えないかで戦法は変わってくる。僕だけで戦うのか、二人での分散戦法が使えるのか。この差は大きいもん』

くそっ。

『だけど、ちゃんと倒せた。安心した』

安心って……ますます腹立つな。

『ところで、のんびり話し込んでる場合じゃないよ』

「なんだよ」

『これだけの数の魔獣を倒したんだよ、早く魔石を回収したほうがいいんじゃない？　厚かましい連中が横取りしちゃうかも』

「あ！」

言われて、その通りだと気づいた！

「前みたいに核の場所を照らしてくれよ」

パウパウはケラケラ笑いつつ、両手を開いて突き出した。光が起こる。背びれ熊たちの喉のあたりからオレンジ色の光が浮かび上がった。

「アデル、手伝え！」

「うん！」

「ナリスもぉ！」

ナイフで喉を掻っ切り、オレンジ色に触れた。

核って、体内にある間は形も定まっていないし、重さもない。それは魔獣の生命を維持しているエネルギーだからだ。取り出したら石化して形が定まり、重さも発生する。もし取り出されずにずっと体内にあったらどうなるんだろうか。

『時間とともに弱って消滅してしまうんだ。弱まるほどに、曇ったり濁ったりして質が悪くなる。だから死後、なるべく早く取り出して石化させる必要がある』

「！」

『なぜ考えてることがわかったって？　顔に書いてる』

書いてねーよ！　ちくしょう。

『全部で……十八個か。しかもオレンジ。オレンジは炎の色に近いから火力系で馬力もある。一気に十八個も手に入ってよかったね』

こいつに言われたら、なんか素直に喜べないよな。まあ、こいつのおかげなんだけど。

パウパウの言葉を聞きながら、俺たちは十八個の魔石を回収した。

確かにアデルの両手の中にこんもりと盛られている魔石を見ると、大収穫に喜びが湧いてくる。金銭的な安心って大きいし、動力の確保も旅を楽にしてくれる。

魔獣の体が淡い光に包まれ、ゆっくりと消滅していく。人間を含め、生物って死んだら腐って朽《く》ちていくものなのに、魔獣はまるで光や煙のように消えていくんだな。

俺はほっと安堵しながらそれを眺めていた。

『コージ』

「…………」

『コージってば』

パウパウがうるさい。

『聞いてる？』

「なんだよ」

『お腹すいた、なにか作ってよ』

ああ!?

『そんなに怖い顔しないでよ。助けてやったってのに』

それを言われたらつらいけど、こいつには腹立つんだよ。

「ナリスもおなかすいたぁ！」

そうだった、食いしん坊がもう一人いた。

アデルと目が合うと苦笑を向けられた。俺の味方はアデルしかいない！

七歳の子どもに頼ってるって言わないでほしい！

「わかったよ。昼メシにしよう。パウパウ、お前、魚とってこれる？」

『はーーい！』

「ナリスもいくぅ！」

『じゃー、一緒に行こう』

「あい！」

ホント、現金なヤツ。四匹くらいとってこい、と背中に投げかけ、俺は囲炉裏作りに取りかかった。

石を積んでいく。開けている場所なのでランタンスタンドが作れないから、大きめの石囲炉裏にしようと思う。

終わったら中央に可燃物、その上に小枝を載せて着火。火が大きくなってきたら太めの枝をくべる。安定し熾火になったら料理開始だ。

今日は『シアタル亭』の女将さんが持たせてくれた食材があるから、けっこうなんでも作れるけど、生ものから消費していこうと思う。

バックパックからメスティンを取り出す。ようやくソロキャンプのために用意したキャンプグッズの出番だ。

メスティンってのは弁当箱みたいな長方形をしたアルミ製のクッカーで、『炊く・煮る・蒸す・焼く』ができる超優れモノなのだ。

アンドリューさんに食事を作る際に使ったフライパンやらダッチオーブンやらは、『シアタル亭』のものだし、重くて持ってこられない。鍋はあったほうがいいと思って最初の村で手に入れたが。

メスティン二個に米と水を入れて火にかける。沸騰したら遠火にして弱火で炊き、蒸らして終わりだ。

今度は鍋。水を張って、ジャガイモ、玉ねぎ、ニンジン、チキンを入れて煮込む。

実は、ソロキャンプ用に市販のカレールウを持ってきていた。だから、今日のランチはカレーライスだ。

アデルが察して皮をむいてくれたから助かる。本当に賢い子だ。

「これ、ナリスとパウパウには内緒な」

俺はポケットからラムネを取り出してアデルに渡した。

「これはなに？」

「俺の世界のお菓子だよ。口が寂しい時にちょっとだけ食べることにしてる。噛まずに舐めてるといい」

小さくて丸いラムネを三つほど手のひらに置いてやる。俺が口に入れたら、アデルも真似て食べた。

「ん！　おいしい」

「そっか？　よかった。いつも手伝ってくれるから、お礼に」

アデルは口を左右に動かしてラムネを堪能しているようで、言葉で返事はしなかったが、目が喜んでいた。

「あいつら、まだかなぁ」

しばらく待っていると、ジャガイモが柔らかくなった。そのタイミングでカレールウを投入する。たちまちカレー独特の香りが広がった。

やー、やっぱ、キャンプといえばカレーだよな。思いっきり私見だけど。

ちなみに、カレールウはラップに包み直し、さらにその上からキッチンペーパーに包んでいる。外枠の箱は紙だから燃やせるが、ルウが入っているプラスチックは焼くことができないし、完全なゴミになるから。ラップのほうは、いろいろ使い道があるから重宝するんだけど。

「コーーーーぃ！」

遠くからナリスの可愛い声が聞こえてきた。顔を向けると、ナリスがなにかを抱えている。一方、パウパウは手ぶらだ。

　魚は？

「コージぃ、これとってきた！」

　これって……卵？　なんだかえらくデカいんですけど。

　黒光りする卵は、雫型をしていて長さが三十センチくらいある。

「たまご、じゅうじゅうする」

　いやいやいやいや……それはダメだろっ。

　俺は顔をブンブンと横に振った。

「なんでぇ？」

　だってこの卵、いつ産み落とされたかわかんねーんだぞ。もし割って、中途半端な状態のモノが出てきたらどうするんだっ。

　わっ、考えるだけで、キモい。

「じゅうじゅうするーーぅ！」

　たぶん言っても聞かないだろう。

　ここは日本人お得意の、問題先送り作戦しかないっ。

「わかった。だけど、魚をとってくると思って待ってたから、玉子料理の予定はないんだ。だから今晩にしよう」

「ばんごはん？」

「そうそう、晩御飯」

「わかったぁ！」

ほっと息をつく俺を、アデルが生温かいまなざしで見ている。

「ナリスが昼寝をしたら元の位置に戻しに行こう」

と、アデルは俺の耳元で、囁くように言った。

お前、本当によくわかってるよな！　七歳ってのは世を忍ぶ仮《かり》の姿で、本当は十七歳くらいじゃないのか？　十歳、サバ読んでないか？

「メシができたから食べよう」

メスティンで炊いたご飯を四枚の皿に分け、二枚分はそのままカレーをかける。その次に、余った鍋の中に、砂糖少々と小ぶりのリンゴをすりおろし、さらに潰したバナナを加えて混ぜ、残りの二枚にかけた。

ナリスとアデルの前に置いてやる。

ナリスは待ち遠しかったようで、スプーンを持って待ち構えていて、皿が置かれるや否《いな》や、すぐに食い始めた。

「どうだ？」

「おーいちーぃ！」

「辛くないか？」

「ない。うま」

「そうか、よかった」

アデルはいつも通り、上品に食べている。俺が見ていることに気づくと、満足そうににこっと笑った。

『僕たちと子どもたちはなぜ味つけが違うんだ？』

パウパウが物欲しそうな目で二人の皿を見つめている。

「これは香辛料が利いていて、子どもには辛いんだ。だから甘くした。お前は辛くても大丈夫だろ？」

『両方食べたい』

「食い意地張ってるな！　ダメだ」

ちぇっとか舌打ちしてるし。こっちがしたいってての。

『あんまり僕に冷たくしたら、帰るからな』

なに言ってんだ、こいつ。

あ、そうだ。

「パウパウ、お前さ、なんであの時、いなくなったんだ？　どこへ行ってたんだよ」

聞くとパウパウは「あの時って？」と言いながら首を傾げた。だが、すぐに俺の意図に気づいたようで、「ああ」とうなずいた。と同時に、カレーをすくって口に入れる。

『ん！　これうまい！』

「よかったな。で？」

『僕にもさ、生まれた場所には仲間がいるんだ。しばらく離れるから、知らせに行ってきたんだ。いきなりいなくなったら心配するから』

なるほど。それはちょっと怒って申し訳なかった。

あの時はナリスがギャン泣きしてて、しかも翌日熱を出したから、腹が立ったんだ。けど、完全な八つ当たりだったとは。

が！　謝りたくないな！

『なにか都合悪かったかい？』

うっ。俺たちと同行するための準備だった……と言われたら、返す言葉がない。うーん、なんか、面目ないなぁ。

「いや、悪くない。ちょっとタイミングが悪くて、どこ行ったんだって思ったもんだから。けど、だったらさ、ファイザリー王国まで行くの、いいのかよ」

『ダメって言ったら取引はなかったことになるの？』

うっ。それは、困る。困るけど、弱みを見せたくない。

「……無理強いはできないだろ」

『ホントに？　僕の力をあてにしてるんじゃないの？』

うっ。図星を刺されて痛いけど、やっぱ弱みは見せたくないな！

パウパウが、ふふふっと笑った。

『意地悪なこと言ってごめん。僕のほうがコージの作るご飯目当てなんだから、ファイザリー王国まで一緒に行くよ。約束したから』

うっ。こいつ、やっぱ、いいヤツかもしれない！

またアデルと目が合った。俺が内心わたわたやってることに気づいているみたいだ。

「ナリスがパウパウにすごく懐いてる。帰っちゃうと絶対泣くから、僕からもお願いする。一緒にいてあげてよ」

『アデルは？』

「僕も同じだよ。パウパウは強いから、すごく頼りにしてる」

アデルに褒められたパウパウは明らかに満足そうな、得意げな顔になった。子ライオンの顔なのに、めちゃくちゃわかりやすい。

「僕さ、ずっと聞きたかったことがあるんだけど」

『なに？』

「パウパウって、大人なの子どもなの？」

『ん？』

「見た感じは子どもみたいに思うんだけど、でも初めて見る聖獣だから、大人の姿がわからなくて。それに最初、人間に近い姿で現れたよね？　あんな技が使えるなら、もう大人なのかなって」

パウパウはますます得意げな顔になった。

『子どもじゃないけど、大人でもない。大人には、もうちょっと大きくならないと。人間の姿になるのはそんなに難しいことじゃない。力の消費が大きいから、集中力が切れたら戻っちゃうんだ』

メシに感動して集中力を切らして元に戻ったというわけか。

もうちょっと大人にならないと、ってことは、日本で言うところの大学生みたいな感じかな。

なんて考えて横を見たら、食べ終わっていたナリスがスプーンを掴んだまま眠っていた。

「片づけて移動しよう」

パウパウの背にナリスを乗せる。実はこれだけでも大助かりなんだ。強さもそうなんだけど、ナリスの面倒を見てくれるのは俺にとってなによりもありがたい。やっぱ、パウパウは旅に同行してもらいたい。

ってことは、うまいメシを作り続けないといけないなぁ。

その後、アデルと一緒に食器を洗い、荷物を持って日陰を目指そうとした。

『コージ、卵を忘れちゃダメだ。あれは夕食に使うんだから』

「卵……あーー、あれは」

『使うんだ！』

「……はいはい」

嫌だなぁ〜。絶対割りたくないよ。とはいえ、もし産み落とされてすぐだったら、デカいし、四人分の腹を満たすことができると思うけど。

パウパウの目が光っているので、とりあえず卵は持っていくことにする。

どこから持ってきたのか知らないが、なんとか隙を見つけて捨てなくちゃ。

眠そうなアデルに歩調を合わせて歩いていると、木々がこんもりと生い茂っている場所に出くわした。寝袋を敷いてナリスを中に入れて寝かせ、俺たちも一服《いっぷく》しようか、という時だった。デカい声でアデルに呼ばれた。

「どうした？」

「コージ！　これ見て！」

指さされて視線を動かし、息をのむ。パウパウも声を聞いたのかやってきて、同じように固まった。

卵にひびが入っている。そして、微妙に左右に揺れている。

孵化《ふか》？　だったら、さっき、強引に割らなくてよかった！　最悪のブツを見ることになるところだった！

ひびが大きくなっていく。そして、小さな欠片《かけら》がぽろりと落ちた。

「なにが出てくるんだろう」

「つか、魔獣だったらどうするんだよ。魔獣か聖獣かわかんねーのか？」

『そうだね、わからないね』

「どうすんだよ」

『どうもしないよ。魔獣だったら倒せばいいし、聖獣だったら放置しておけばいいよ』

放置って……マジで？

「あ！　見て！　嘴《くちばし》かな？」

小さな穴から尖った三角が見えた。黄色かった。でも、デカい？　やっぱ卵がデカいから、ヒナ（でいいんだろうか？）もデカいのか？

コツコツという音と、斜めに走っているひび割れの度合いが少しずつ大きくなっていく。

そろそろ嘴が殻を割って出てきてもいい頃合いだ。

「どんな姿なんだろう」

アデルがまるで呟くように言った。俺の耳はアデルの言葉をちゃんと拾っているのに、卵に注目するあまり、返事ができない。目だけ動かして反対側にいるパウパウを見ても、同じように卵を凝視している。

生まれるか。来るか。

固唾をのんで見つめていると、音がピタリとやんだ。微妙に振動していた卵自体も止まって動かない。

どうした？

静まり返っている。

時間まで止まってしまったかのような感じ。

川のせせらぎの音さえ耳に入ってこない。

痛いほどの緊張感。

もう一度、どうした？　と思った瞬間、ガシャン！　と高い音を立てて殻の破片が四方に飛び散り、デカい水かきのついた足が卵の中から飛び出していた。

「——え」

それは誰の声だったのか。俺か、アデルか。それともパウパウ？

あまりのことに絶句し、硬直し、ただただ足の裏を凝視している、俺たち。

殻を蹴り割ったみたいだ。……蹴り割ったって、どうなの？

そして卵の殻がまた吹き飛んで、中にいるヤツの姿があらわになった。

「なんだ、これ」と思わず言ってしまった俺に、アデルが、

「ヒヨコ、じゃゃない？　鳥の」と答える。

身長三十センチのヒヨコ？　確かに見た目は似てる。黄色いし。

『ヒナだね』と言ったのはパウパウだ。

「魔獣のヒナか？　それとも聖獣か？」

『うーん、わかんないなぁ。なんか力の傾向が見えない』

なんだそりゃ。

「新種ってこと？」とアデル。

『うーん、かなぁ。僕も魔獣聖獣、全種族知ってるわけじゃないから、ただ知らないだけかもしれない』

どうでもいいけど、さっきからこのデカいヒヨコ、俺をじーっと、じーーーっと見つめてきて、気味悪いんだけど。

外見は本当にヒヨコそのまんまなんだけど、足には水かきがあるからヒヨコじゃない。ヒヨコは鶏のヒナを指すだろ？　水かきはないわ。だけど、じゃあアヒルのヒナかっていうと、そうじゃない。嘴はヒヨコのように三角で、アヒルのヒナのような少し長くて先端が丸くはなっていない。アヒルのヒナと鶏のヒナでは、そもそもフォルムが違う。

いやいやいや、違うのはそこじゃないだろ、俺！

デカいんだよ。三十センチくらいの黄色いヒナってどういうこと!?

「いいからさ、孵《かえ》っちまったから食うわけにはいかないだろ。立ち去ろう」

「いいの？」

「いいに決まってるだろ。行こう」

アデルを促して立ち去ろうとしたら……

「コージ、ついてくるよ」

やーめーてーーー!!

『コージを親鳥と思ってるのかも』

だから、やめろって！

つか、鳥なのかよ！　魔獣か聖獣じゃねーのかよ！　三十センチくらいあるんだぞっ。デカすぎだろうっ。

誰か全部正確にわかってるヤツが出てきて、この状況を説明してくれよっ！

もう脳内半ばパニック状態の俺は、右に左に蛇行しながら逃げるように歩いているんだが、アヒルヒヨコもどきはそのままついてくる。

頼むからやめてくれ。これ以上、変なのが増えてほしくない！

「ああーー！」

突然、甲高い声が響く。ナリスだ。起きたみたいだ。もしかしたら、俺が騒ぎすぎて起こした？

「ひよこーーぉ」

「ヒヨコじゃねーよ」

「ひよこぉ！　ひよこぉ！　かわいい！」

可愛いかな？　こいつ。

ナリスがヒナに近づき、頭を撫でた。

『ピヨ』

鳴いた！

『ピヨピヨ』

念のため、パウパウがからかってんじゃねーかと顔を向けるが、口はしっかり閉じられている。そして、なんか文句あるか、と言いたげなまなざしを向けてくる。

『ピヨピヨピヨピヨピヨー！』

なんか訴えているよな？

「コージぃ、いっしょにたびする」

「ダメだ」

「いっしょにたびする！」

ナリスを叱ろうとしたら、ヒナが俺の上着の裾にかぶりついて引っ張った。驚いている俺に向け、ピヨピヨ鳴いている。

「なまえ、ピヨピヨにするぅ」

まんまじゃないか。

「パウパウにピヨピヨじゃ芸がないよ。せめてピョーとかどう？」

アデル、それはフォローになってないし、ピヨピヨと変わらないだろ。

『ピョコとかどう？』

それもたいして違わねーだろ。つか、こいつも一緒なの確定事項なの？

「やーだ！　ピヨピヨがいいー！」

「お前ばっかりズルいよ。僕だって名付けたいんだ」

『ピョコがいいよ、呼びやすい』

「ピヨピヨがいいー！」

「ピョーだよっ」

『ピョコが可愛いと思うけど』

まったく、こいつら。

「盛り上がってるところ悪いけど、このヒナ、俺に懐いてるから、俺が名前を付ける。ピノだ。ピノに決定」

一斉に「えーー！」という大ブーイングが起こるが、無視する。

「ピノでいいだろ？」

と、ヒナに向かって言うと、うれしそうに小さな翼（翼自体はまぁまぁの大きさなんだが、全体から見たら小さいという意味だ）をパタパタさせてピヨピヨ鳴いている。喜んでいるみたいだ。

「満足してるじゃねーの。決定な」

アデルが口を尖らせ、ナリスが頬をぷっと膨らませた。二人とも可愛くて、とても怒っているって感じがしない。一方、パウパウは口を少し開けて笑っている。

「僕が決めたかったなぁ」

「ピヨピヨがよかったのにぃ」

まだ文句言ってるよ。

こいつが魔獣か聖獣かはわからないが、懐いてくれたら、もし魔獣だったとしても仲よくできるのかな。

『ナリスも起きたし、出発しようか』

確かにそうだ。俺たちの目的はファイザリー王国を目指すことだ。こんなところで輪になって談笑している場合じゃない。

「パウパウも時には正論を言うんだな。その通りだ」

俺は立ち上がってバックパックを背負った。つられてアデルも同じようにリュックを背負う。それを見て、自分もと思ったナリスがリュックを探してきょろきょろしている。

「ナリス、ほら」

「ナリスのぉー」

リュックを背負わせてやり、手を繋ぐ。だが、その手はすぐに離されてしまった。ナリスはパウパウの背に乗るらしい。

楽でいいな。

『ピヨピヨピヨピヨピヨピヨピヨピヨ』

俺も乗せてほしいもんだ、なんて思いながらふと足元を見た。ピノが俺の足に寄り添っている。ヒナでこんなにデカいなら、成長したらどうなるんだろう。

『ピヨピヨピヨピヨピヨピヨピヨピヨッ』

脳裏にダチョウがよぎった。形状はまったく違うけど、あれくらいの大きさになりそうだ。

『ピヨピヨピヨピヨピヨピヨピヨピヨーー』

ダチョウの大きさの、アヒル？　うーん。あんまり可愛くないかも。

『ピヨピヨピヨピヨピヨピヨピヨピッヨーー！』

だから……

『ピヨピヨピヨピヨピヨピヨピヨピヨーー‼』

「うるせぇな！　ピヨピヨって！」

咄嗟に怒鳴ってしまったら、ピノが驚いた様子で翼を広げ、飛び上がった。そして固まり、俺を凝視する。だが、そのつぶらな黒い目が泣いているようにうるうるし始める。

ちょっと待って、そんな目で見ないで……罪悪感がっ。

「悪かったよ、怒鳴って」

『……………』

「ごめんって」

謝ると、ピヨは俺の足に翼を絡めてしがみついてきた。

あのぉ……これ、どういうシチュエーション？　罰ゲーム？

「なんだか賑やかだね」

「賑やか？」

「うん」

アデルが楽しそうに笑っている。

「……賑やかって表現、合ってるか？」

「なんかさ」

「うん？」

「コージって、なんかこう、俺についてこいって感じの雰囲気があって、頼りにしちゃうんだよ」

は？　なにそれ。

俺についてこい、なんて未だかつて思ったことないよ。

大勢でいることがあんまり好きじゃなくて、わざと輪から外れて、単独行動してるんだけど？　だからソロキャンプやってんだけど？

『ピヨ！』

「ほら、ピノだって僕と同じ意見みたいだ」

ホントかよ。

『僕も同意だなぁ。それになんか楽しいことが起きそうな気がするし。なにより、ご飯がおいしい』

「そうだね！　おいしいよね！」

「おーいしーーーぃ！　コージ、だいすきぃ」

……やっぱり罰ゲーム？

『きっと愛情こめて料理してるからだと思うんだ。だから見ていて幸せな気持ちになるし、できたご飯もおいしいんだよ』

「……もういいよ。とにかく出発しよう」

はーい、という返事と、ピヨ！　という鳴き声が元気に響く。

いきなり同行者（『者』と言っていいのかは置いといて）が増えるというハプニングもあったが、俺たちは出発した。

目指すはファイザリー王国。めちゃくちゃ遠いけど、三人と二頭（一頭と一羽？）というメンバーでなら、案外楽しく、あっという間にファイザリー王国に到着してしまうかもな。

『今夜のご飯、なにがいいかなぁ』

「僕は『お好み焼き』食べたいな。あれ、おいしかった」

『あの独特のソースはキャンプじゃ作れないよ』

「そうだね、確かに」

「ナリス、おにぎりがいーぃ」

『だったら僕は炊き込みご飯かなぁ』

『ピヨ！』

……ホント、賑やか。勝手なことばっかり言ってさ。

案外楽しく？　前言撤回。先が思いやられる。

おわり

コスミック文庫 α

やんちゃな異世界王子《いせかいおうじ》たちとアウトドアでキャンプ飯《めし》！

2023年１月１日　初版発行

【著者】　朝陽《あさひ》ゆりね
【発行人】　相澤　晃
【発行】　株式会社コスミック出版
〒154-0002　東京都世田谷区下馬 6-15-4
【お問い合わせ】　―営業部―　TEL 03(5432)7084　FAX 03(5432)7088
―編集部―　TEL 03(5432)7086　FAX 03(5432)7090
【ホームページ】　http://www.cosmicpub.com/
【振替口座】　00110-8-611382
【印刷／製本】　中央精版印刷株式会社

ISBN978-4-7747-6444-3 C0193